アンデッドに転生したので日陰から異世界を攻略します

不死者だけど楽しい異世界ライフを送っていいですか？

Fukami Sei
深海 生

illust. 木々 ゆうき

主な登場人物
MAIN CHARACTER
ハムモン
ピラミッドの最上階を守る羊の獣人。
誰も来ないので暇を持て余している。
影《かげ》山《やま》人《ひと》志《し》｜ジン
過労が祟って、屍人《ゾンビ》として
異世界に転生した社畜サラリーマン。
不死の体を持つが、日光に弱い。
デメテル
馬人族《ウェアホース》の長。
白馬に変身する能力を持つ。

アルバス
怪しげな研究をする
死霊の賢者《リッチ》。
エヴァ
デメテルの従者を務める馬人族《ウェアホース》の娘。
素養はあるのに魔法が使えない。
サスケ
屍鼠達《ゾンビラット》を束ねる鼠人《ウェアラット》。
ちょっと忍者を意識している。

プロローグ

僕こと影山人志《かげやまひとし》は、ＩＴベンチャー企業に勤務するプログラマーで、年齢は三十五歳。結婚はしていないが、それなりのナイスミドルだ。

「土日返上で十五連勤、徹夜も結構あったな……激務とかいうレベルじゃないだろ！　疲《つか》れすぎてほとんど記憶ないけど……今日は久しぶりの休みだし、何かストレス解消して早く寝よう。また明日から仕事だからな……」

通勤ラッシュで混み合う駅のホームで電車を待ちながら、誰にも聞こえないように小さく独り言を吐いた。

その声が聞こえていたのか、近くから人が離れていくが、今の僕にはそれを気にする余裕はない。

三連続の徹夜明けだし、栄養ドリンクで体を誤魔化《ごまか》しているだけだから、やや情緒不安定になっている気もする。

はぁ、本当に疲れた……またラノベを一気読みでもして寝るか。漫画かアニメでも良いな。

だいたい、夢を見せてやりがい搾取《さくしゅ》するだけの会社なんて最悪だ。こんな会社、もう辞めてやる。

そんなことを考えながら、ふと反対側のホームを見ると、壁に気になるポスターが貼ってあった。

エジプト展、か。

この前インカ展に行ったけど、凄《すご》かった……装飾品とか土器とか、見ているだけでも楽しいんだよね。

エジプトといえばピラミッド。さすがにピラミッドを持ってくるのは無理だとしても、珍しい物は見られそうだ……よし、行ってみるか。

古代文明といったロマンを感じるものに目がない僕は、気持ちを切り替えて、帰宅せずにこのまま博物館に行くことにした。


博物館は平日なのに案外人が多く、混雑していた。

あまりじっくり見られないものの、やっぱり楽しい。金製の仮面など、実物を前にすると、感動して心拍数が上がった。

そんな中、僕はある物に目を奪われた。

近づいてみると、それは綺麗《きれい》な装飾が施《ほどこ》された二メートル以上はありそうな棺《ひつぎ》だった。中には布に包まれたミイラが横たわっている。

凄いな。棺も立派だけど、ミイラも現代まで姿形が残っているなんて、驚きだ……実際は死んでいるとはいえ、ファンタジー作品でアンデッドに分類されるのも頷《うなず》けるな。

先程見た金製の仮面よりも感動が大きい。

そのせいか、鼓動《こどう》が速まり、急激に大きくなってくる。

なんか胸のドキドキが凄い。もしかして、運命の出会い？

って、さすがにこれはドキドキしすぎのような？

……んっ？　……心臓が……苦しい……!?

これは……ヤバい……立って……いられない…………

僕はその場で膝から崩れ落ち、うつ伏せに倒れた。

意識も朦朧《もうろう》としてきた……徹夜明けで、無理しすぎたんだな……多分。

……このまま死ぬのか？

もしそうなら……過労死……か？

まだ何も……成《な》し遂《と》げてないのに……

ＩＴベンチャーに就職したのは、何かを成し遂げたいという夢を見たからだ。しかし会社の実態は、ただのブラック企業だった。

そんな環境にいたとはいえ、僕自身、何かを成し遂げたいと望みながら、自分では何も始めることができなかった。

言うは易《やす》く行うは難《かた》し——確かにそうだが、それはある程度努力した者が口にするべき言葉であって、僕には言う権利がなさそうだ。

そんなことを思っていると、耳に——というよりも頭の中に直接、少々機械的だがはっきりとして聞きやすい女性の声が響いた。

《あなたは異世界に転生する権利を得ました。異世界に転生しますか？》

声が聞こえる……どういうことだ？

僕はまだ生きているのか？　それで、異世界って何？

《あなたはまだ生きています。異世界とは、この世界と理《ことわり》を異にする無数の別世界の総称です》

絶対に口には出していないというのに、返事があった。

思考が読まれたのか？

この声の主《ぬし》は明らかに人間じゃない……もしかして、神様か何かだろうか？

《思考を読んだのではなく、思考を共有しています。私は神ではありません、チュートリアルです》

あまりに予想外の回答だった。

チュートリアルってあの、ゲームとかの初めに色々教えてくれるやつか。

《異世界に転生しますか？》

再びの質問。するって言ったら本当にできるのか？

僕は夢でも見ているのだろうか……などと考えてしまうが、「夢ではありません」って言われそうだな。

《夢ではありません》

ほらやっぱり。

ちなみに、異世界転生については人並みに知っている。

有名どころの作品は紳士の嗜《たしな》みとして当然読んでいるし、その世界に憧《あこが》れないわけがない。

僕は覚悟を決めてチュートリアルの声に呼びかける。

(もし異世界に転生しないとするとどうなりますか？)

《あなたはこのまま亡くなり、この世界で輪廻《りんね》します》

うわーやっぱり死ぬのかぁ……まだ死にたくなかったな。

《しかしなんと、今異世界に転生すると、あなたの記憶・知識・経験はそのままに、新しい存在へと生まれ変わることができます。異世界には未踏《みとう》の地がまだまだたくさんあり、勇気のある冒険者を求めています。灼熱《しゃくねつ》の火山地帯、極寒の凍土地帯、乾燥厳しい砂漠地帯。そして、そこには屈《くっ》強《きょう》な魔物達が、常に覇権《はけん》を争いながら暮らしているのです。そんな危険極まりない未踏の地を、剣

と魔法を駆使《くし》して切《き》り拓《ひら》く。そんな世界に転生してみませんか？》

突然スイッチが入ったみたいに、長文でセールストークを始めたぞ。でも異世界の雰囲気《ふんいき》は掴《つか》めた。

正直なところ、死が確定しているこの世界にまた転生することに魅力《みりょく》は感じない。

突然死んでしまって、両親には申し訳ない気持ちでいっぱいだ。しかしそれはもう取り返しがつかない。ならば、僕が進むべき道は決まっていた。

（異世界転生、お願いします）

《承《うけたまわ》りました。それでは初めに、転生する種族をお選びください。ミイラ、骸骨《スケルトン》、屍人《ゾンビ》の三種類から選ぶことができます》

……人間ないんだ。生物ですらもない。

（それって、種族というか、魔物ですよね。なんで？　……なんでその三種類なんでしょうか？）

《こちらのような棺タイプの転生スポットの場合、選べるのはミイラ、骸骨《スケルトン》、屍人《ゾンビ》の三種類になります》

……転生スポット？　パワースポットみたいな言い方だけど、この棺が？

他にも色々なタイプの転生スポットがありそうなのも、ちょっと気になる。

それにしても、魔物三種類しか選べない転生スポットって、ハズレなんじゃ……？

まあ、今更そんなことを言っても仕方がないか。

この三種類の中だと、ミイラはないかな。戦い方がピンとこない。

骸骨《スケルトン》はすぐ骨が折れそうで、打撃系の攻撃に弱いイメージがある。

（強《し》いて選ぶなら、屍人《ゾンビ》ですね。見た目怖いけど、しぶとそうだし）

《種族は屍人《ゾンビ》を選択しました。転生地点は他に候補がないため、自動的にピラミッドが選択されました。次にスキルをお選びください。スキルは最大三つ選択できます。おすすめの共通《コモン》スキルと種族《スピーシーズ》スキルはこちらです》

かなりの数のスキル一覧が頭の中に流れ込んでくる。転生地点にもつっこみを入れたいが、どうせ変えられそうにないのでやめておく。

共通《コモン》スキルは種族に関係なく取得可能なスキル、種族《スピーシーズ》スキルは種族固有の特殊なスキルだろう。

共通《コモン》スキルは【言語理解《げんごりかい》】【鑑定《かんてい》】【収納《しゅうのう》】【耐性《たいせい》】【自然回復《しぜんかいふく》】【料理《りょうり》】や【生存技術《サバイバル》】といった便利そうな名前のものが多い。ただ、ピラミッドで役に立ちそうなものは少ない印象だ。

一方、種族《スピーシーズ》スキルは、【毒息《ポイズンブレス》】【腐息《ディケイブレス》】【悪食《ビザールフード》】など、ゾンビらしさがある単語が並んでいる。

それぞれのスキル名の後ろに「Lv１」と付いているので、スキルはおそらくレベルアップするのだろう。

（……あのー、あなたのような、チュートリアルというスキルはないのでしょうか？）

この手のスキルがあると、転生直後に生き残れる確率が全然違ってくると思う。スキルの数が多すぎて見つけられなかったから、手っ取り早く聞いてみた。

《共通《コモン》スキルの一つとして存在します。転生後しばらくすると利用できなくなるので、あまりおすすめしませんが、【初期指導《チュートリアル》】を取得しますか？》

まあ、チュートリアルだしね。ただ、転生直後が一番危険だと思う。何をすればいいかも分からない気がするんだよな……

僕は迷わず返事をする。

（……【初期指導《チュートリアル》】を取得します！　……あとは【鑑定】と【悪食《ビザールフード》】でお願いします）

《承りました》

チュートリアルがそう言うと、すぐに別の声が僕の頭に響いた。

〔【初期指導《チュートリアル》Lv1】【鑑定Lv1】【悪食《ビザールフード》Lv1】を取得しました〕

チュートリアルと同様にはっきりと聞き取りやすい女性の声だが、明らかに別人の声だ。

《スキルの取得、ありがとうございます、マスター。これからよろしくお願いします》

今度はチュートリアルの声だ。

（マスターって僕のことか。よろしくお願いします）

《【初期指導《チュートリアル》】のスキルは既に起動しています。なお、転生中は【初期指導《チュートリアル》】の能力の一つ、【最適《さいてき》スキル自動選択《じどうせんたく》】が利用可能です。種族や状況に最も適したスキルを自動的に選択して取得する、初級者支援機能です。利用しますか？》

（え、転生の最中にスキルが取得できるんですか？）

《はい。転生中に肉体と魂《たましい》の再構築を進める中で、転生者は特典としてスキルを取得できます。通常、そのスキルは短時間にランダムで付与されますが、支援機能を利用すると、そのランダム性を軽減することが可能です》

（チュートリアルさん、凄すぎ。ではお願いします）

《承りました。【最適スキル自動選択】を起動します。それでは、転生を開始してもよろしいですか？》

（……はい）

《承りました。転生を開始します》

僕の意識が少しずつ薄くなっていく中、チュートリアルだけは自分の仕事を淡々《たんたん》とこなしていく。

《転生シーケンス開始を確認しました。特典スキル付与フェーズ開始を確認しました。【言語理解Lv５】の取得依頼を送信しました。取得に失敗しました（理由：本フェーズで取得可能なスキルはLv１のみのため）。【言語理解Lv１】の取得依頼を送信しました。取得に成功しました。次に……》

聞こえる声が次第に小さくなり、やがて僕は意識を失った。

第一章　目覚めたらゾンビでした

目を開けると、周囲は暗闇《くらやみ》に包まれていた。長い時間寝てから起きたような、気だるい感覚が体を覆っている。

背中に伝わる感触から、硬い素材の上で寝ていることが分かる。

腕を横に動かすと壁にぶつかった。体を起こそうとしたら、すぐに額《ひたい》を天井にぶつけてしまう。

痛みは感じなかったが、頭への衝撃は大きく波紋《はもん》のように広がった。

勢いよく起きなくてよかったな。

硬い何かで上が塞がれているみたいだ。横も壁だし……この硬さや触り心地、多分石だ。

闇に慣れてきたからか、それとも今まで気づかなかっただけなのか、目の前にざらざらとした質感の石の壁が見えてきた。

これはいわゆる石棺というやつか。古墳《こふん》の中とかで見つかるあれだ。

僕はその中で寝ている——いや、お墓だし、埋葬《まいそう》されていると言うべきかな。

普通なら取り乱しそうな状況だが、妙に冷静に思考を進めることができた。

そしてふと少し前に起きた出来事を思い出した。そういえば僕、異世界転生したんだっけ……

まずは周囲の状況を確認したいが、その前にこの蓋《ふた》をなんとかしないと。

多分少しずつ横にずらして開けるのが正解だと思う。

でもせっかくだから、チュートリアルさんに聞いてみよう。

(チュートリアルさん、この蓋はどうやって開ければいいんですか？)

《マスターの筋力値の場合、両手で蓋を持ち上げることが可能です》

へえ、屍人《ゾンビ》ってそんなに力があるんだ。

腕に力を込めると……結構重い感じがするけど、なんとか持ち上げられた。

僕は蓋をそのまま横にずらして棺の外に出た。

広さは十畳程度、高さ三メートルくらいの石造りの部屋の中央に、棺は配置されていた。

部屋の奥には、二メートルを超えるサイズの石像が一体置かれている。

床に立てた幅広の大剣の柄《つか》に両手をかけ、堂々と前方を見ている男性。足元付近まであるマントを羽織《はお》っているが、鎧《よろい》のようなものは着ておらず、首元からは、大剣とは不釣り合いな細い体躯《たいく》が窺《うかが》える。

(チュートリアルさん、この像は誰だか分かりますか？)

《残念ながら、こちらの石像に関する情報はありません》
(そうですか。では、この部屋は何か分かりますか？)
《この部屋はピラミッドの最上階にある、『支配者《しはいしゃ》の墓室《ぼしつ》』です。この墓室は結界で守られており、マスター以外の者が侵入することはできません》
(そっか、安全地帯というわけですね)
《マスター》
感心しながら部屋を見回していると、チュートリアルが再び僕を呼んだ。
《マスターのスキルである【初期指導《チュートリアル》】に対して、敬語などは不要です。どうぞお気軽に話しかけてください》
ちょっと堅かったか。人との距離感の取り方が苦手で、今まで誰かと話す時はほとんど敬語だったんだよね。
(分かった……次からそうする。ありがとう)
《はい。また、【初期指導《チュートリアル》】スキルの使用に当たっては魔力を使用しませんので、いつでもお呼び出しください》
(へぇ、そうなんだ。っていうか、この世界には魔力ってやつがあるんだ。まあ、剣と魔法の世界なんだから、当たり前か。そういえば、自分のステータスって見られるの？)

《はい。こちらになります》
そう言って、チュートリアルは頭の中に僕のステータスを表示してくれた。

名前：なし（転生者）　種族：屍人《ゾンビ》　総合評価値：280
体力：13　魔力：12　筋力：11　知力：13
素早さ：3　器用さ：5　運：7
共通《コモン》スキル：初期指導《チュートリアル》Lv1　言語理解Lv1　鑑定Lv2　収納Lv1　罠検知《わなけんち》Lv1
　　　全属性耐性Lv1　痛痒耐性《つうようたいせい》Lv1　精神耐性《せいしんたいせい》Lv1
種族《スピーシーズ》スキル：不死《アンデッド》Lv1　悪食《ビザールフード》Lv2　毒息《ポイズンブレス》Lv1　腐息《ディケイブレス》Lv1　痺息《パラライズブレス》Lv1　再生《さいせい》Lv1
　　　毒耐性《どくたいせい》Lv1　腐耐性《ふたいせい》Lv1　痺耐性《ひたいせい》Lv1
加護：不死《アンデッド》の兵卒《ボーン》

（ありがとう。しかし、ステータスがパッとしないな。一桁の項目もあって、いかにも弱そうだ。

きっと殴られたら即死するぞ、これ。足は遅いだろうから逃げられないし……屍人《ゾンビ》だから、仕方ないか。それにしても、スキルが凄く増えているな。一部のスキルはLv２になっている)

《ピラミッドの攻略に必要と思われるスキルを優先的に取得しました。重複して取得したスキルは統合して強化しました。残念ながら時間が足りず、全てを取りきることはできませんでした》

いやいや、チュートリアルさん、仕事しすぎでしょ。

(全然大丈夫。全て取りきったら、スキルを選ぶ意味がなくなっちゃうしね。そういえばチュートリアルって名前が少し長いんだけど、違う名前を付けたりできるの？)

《スキルに別名をつけることは可能です。スキルを使う際、呼び出しやすい名前をつけておくと、発動する速度を上げられる可能性があります》

(ほうほう。じゃあチュートリアルの名前は……古代エジプトの知恵を司《つかさど》る神、トト神から取って、トトでどうかな？)

《トトですね。承りました》

(これからよろしく。ところでトト、共通《コモン》スキルは大体名前で分かるんだけど、種族《スピーシーズ》スキルにいくつか分からないやつがある。【不死《アンデッド》】と【悪食《ビザールフード》】について教えてくれる？)

《【不死《アンデッド》】はその名の通り、死にません。正確には、敵に倒された場合、その場で消滅しますが、しばらくしてまた復活するというものです。復活地点はここ、支配者の墓室になります。【悪食《ビザールフード》】

は、消化できるものならなんでも食べることができ、口にしたものに応じて、体力や魔力を回復したり、エネルギーを得たりすることができます》

（【悪食《ビザールフード》】もなかなか良さげだけど、【不死《アンデッド》】が強すぎないか!? 死なないって、無敵じゃないの？）

驚いて思わず聞き返す僕に、トトが答える。

《【不死《アンデッド》】にはデメリットがあります。消滅の際、魔物にとってのエネルギーである魔素《まそ》が消費され、その最大値が半減します。魔素が死を肩代わりするイメージです。魔素が半減することは、その者の強さが半減することを意味します。また、消滅は精神に多大な負荷をかけるため、何度も続くと精神が耐えきれなくなる可能性があります。危機的な状況であっても、ほとんどの場合、消滅を選ぶのは避けるべきでしょう。なお魔素は、それに類するエネルギーを持つ者を倒すことで得られます。また、【悪食《ビザールフード》】でそうした者を喰らえば、微量ですが魔素を吸収できます》

なるほど。せっかくレベル上げしても、死ぬたびに半分になる感じか。それも精神に大ダメージ込みでだ。

実際に消滅してみないとなんとも言えないけど、怖すぎる……。

（できるだけ死なないようにしよう。あっ、あと加護の欄にある【不死の兵卒《アンデッドポーン》】って何？）

《異世界へ転生中、ランダムで加護を付与される場合があります。マスターは運良く加護を手に入れられたのでしょう。残念ながら、加護に関する情報は【初期指導《チュートリアル》】にございません。なお

【不死《アンデッド》】のスキルは、【不死の兵卒《アンデッドポーン》】に関連して得られたものと思われます》

（なるほど、そうなのか。じゃあトト、早速ピラミッドの攻略を始めようか）

《承知しました。それではまず、ピラミッド内部の探索から始めましょう。ピラミッドはこの世界に数あるダンジョンのうちの一つです。ダンジョンでは、敵や宝箱が自動的に生成されます。【罠検知】を常時発動し、罠を回避しながら進んでください。罠がある場合、そこが赤く光ります。もし敵が現れたら、【鑑定】でステータスを確認してみてください。簡単な道のりではありませんが、頑張りましょう》

（了解。じゃあ行くよ、【罠検知】発動！）

部屋の入り口で【罠検知】を発動してみる。

思《おも》いの外《ほか》あっさりとスキルが使えてホッとしたのも束《つか》の間《ま》、通路の壁も床も、いたるところが赤く光っていた。

かなりたくさんの罠が仕掛けられているようだ。

（さあ、行きますか）

支配者の墓室を出ると、正面は壁になっており、左右に通路が続いている。

壁には松明《たいまつ》がついていて、明かりには困らない。

僕はまず、左から進んでみる。

赤く光る場所を避けて道なりに進む。

しばらく行くと壁に突き当たったが、今度は右に道が続いていた。

さらに少し進むと、遠くの方からゆっくりと、何かを引きずるような音が聞こえてくる。

同時に、トトが警告を発した。

《敵が近づいています。【鑑定】を使ってみてください》

(了解。初めての魔物だ。まだ見えていないけど、近づいてくる敵を【鑑定】!)

結果はすぐに出た。

ふむふむ。種族は屍人騎士《ゾンビナイト》。全身鎧を纏《まと》った屍人《ゾンビ》で、僕よりもステータスが圧倒的に上だな。筋力値は……300!? 剣の技も凄そうなのばっかりだぞ!? いや、勝てないよ、これ。

(トト、こいつに勝てる気がしないんだけど……?)

《屍人騎士《ゾンビナイト》は、ピラミッド内で上位に君臨する魔物です。今はまだ、戦闘で勝つのは難しいでしょう。ですが、知能はとても低いので、罠を利用して倒すことができます》

(え……罠?)

《はい。むしろ、罠以外で倒すのは熟練の戦士でも困難です》

(あ、そう……そもそも初めて遭遇《そうぐう》する敵にしては強すぎるよ……ゲームだったら序盤は弱い魔物をコツコツ倒してレベルを上げて行くものだよな。本物のファンタジー世界はそんなに甘くないっってことか。それにしても、罠ねぇ……)

《罠を利用して敵を倒すのも、一つの戦術とご理解ください。では早速、敵を罠に嵌《は》めましょう》

(……はい。じゃあ、僕は何をすればいい?)

《聖魔法の魔法陣が設置された罠があります。通常、先にそれを探す必要があります。今回は、私がその場所をお伝えしますので、マスターが敵にその罠を踏ませることができれば、成功です》

さすがトト様。罠の中身まで分かるって、有能すぎる。

《前方に見える、あの赤く光っている床が、聖魔法の罠です。聖魔法はアンデッドの弱点なので、屍人騎士《ゾンビナイト》は一撃で消滅するでしょう》

(ってことは、自分も魔法に当たったら消滅するな。まあ、もちろん当たるつもりはないが)

罠のギリギリ近くまで寄って、あとは敵を呼ぶだけというところで、トトが僕に呼びかける。

《マスター、そちらから一歩分下がることをおすすめします》

(あっ、そう? 一歩って、こんなものかな? じゃあ、やつを呼ぶか)

まだ距離が十メートル以上はあるし、練習も兼ねて【毒息《ポイズンブレス》】を使ってみよう。

相手も屍人《ゾンビ》だ。耐性があるから毒は効かないと思うが、こっちに気づいてはくれるだろう。

僕は敵に向けて【毒息《ポイズンブレス》】を吐いた。

緑色の濃い霧《きり》が前方のフロアに広がっていく。

息《ブレス》が届くと同時に、敵が小さくよろめいた。毒が効いたのだろうか。そしてうめき声を漏らしてこちらを見た。

次の瞬間、やつの目が妖《あや》しく光り、屍人《ゾンビ》とは到底思えない速度でこちらに迫ってくる。

「グゴァァアアアア!!」

敵は一気に間合いを詰め、持っていた剣を僕の喉《のど》に突き立てようとする。

気づいたら喉の近くに切っ先が来ていた。

しかしその直後、獲物を待っていたかの如く、床から金色の光が放射される。

敵は為《な》す術《すべ》もなく、その光に包まれて消滅した。

残ったのは、僕の喉に僅《わず》か一センチ届かなかった剣と、それを握《にぎ》り締《し》めたままの腕の一部だけだ。

死ぬかと思った!

一歩分下がっていなければ、僕の首が飛んでいたな……

【精神耐性】で、ある程度は恐怖に耐えられるようにはなっていると思うけど、背筋《せすじ》が寒くなったぞ……

屍人騎士《ゾンビナイト》が消滅すると同時に、魔素が僕の中に入り込んできた。

《お疲れ様でした。お見事です。なお、落ちている腕を【悪食《ビザールフード》】で食らうと、微量ですが、さらに魔素を取り込むことができます》

（……トトは平常運転だな。でもさぁ、トトさん。屍人《ゾンビ》の腕はさすがに食えないよ。だって腐っているし、人っぽいし……）

《ご安心ください。腕に触れて【悪食《ビザールフード》】を発動すると、スキルが自動で処理します》

（自動で……って、そういうことじゃないんだよなぁ。でも……正直、使ってみないとどんな感じか分からないと思う。あぁ、初めての【悪食《ビザールフード》】は屍人《ゾンビ》以外がよかったなぁ……じゃあ、思い切って、【悪食《ビザールフード》】！）

屍人《ゾンビ》の腕に手を触れた状態でそう念じると、一瞬で腕が消え、魔素が体に吸収された。

本当に食べるのかと思っていたけど、吸収する感じで良かった……

《また、敵が落とした剣は戦闘で利用できますので、【収納】に入れておくことをおすすめします》

（そういえば【収納】のスキルもあったな……【収納】！）

剣を拾い上げて念じると、手の中にあったそれが、一瞬で姿を消した。

スキルを通して、特殊な収納空間の内部に剣が置かれているのが分かる。容量は、六畳の部屋くらいありそうだ。

凄く便利だ。ついでに【鑑定】スキルも使ってみる。

〔鋼鉄製のロングソード。攻撃力＋１２０〕とのこと。

なんとなく、大量生産されていそうな武器だが、ありがたくいただいておく。

《マスター。次は宝箱の探索を行いましょう。ダンジョンでは稀《まれ》に宝箱を発見することができます》

(分かった)

宝箱と聞いて、僕はワクワクしながら、先ほど敵がいた方向に進む。

すると、前方左手に支配者の墓室と同じアーチ型の入り口が見えてきた。

中を覗《のぞ》き込《こ》むと、部屋の中央に宝箱らしきものが一つ置かれていて、奥には『支配者の墓室』にあったものと同じ像が立っていた。

僕は罠に注意しながら、中に入る。

早速宝箱を見つけたが……赤く光っている。

(これは、罠ありってことか)

《はい。なお、あれは擬態魔《ミミック》です。彼らはこのピラミッドで最上位の魔物なので、今は勝てません。罠で倒すことも困難なため、近づくのはやめた方がいいでしょう》

(うわぁ、そうなんだ……最上位ってことは、屍人騎士《ゾンビナイト》よりも強いのか)

僕はそっと部屋を出て、元の道に戻った。

しばらく歩くと壁にぶつかるが、直角に右方向に通路が続いている。

また道なりにまっすぐ進んで行く。

どうやらこの階層の通路は、大きな正方形を成しているらしく、今僕は支配者の墓室があった通路のちょうど反対側を歩いているようだ。

やがて、前方で何か動く音が聞こえてきた。

僕はすぐに【鑑定】を発動する。屍人騎士《ゾンビナイト》だ。

(トト、この道にも聖魔法の罠ってある?)

《はい。左手の壁際《かべぎわ》にある、あの罠です》

(ありがとう)

そう応えた僕は、先ほどと同じように罠に近づくと、敵に【毒息《ポイズンブレス》】を浴びせておびき寄せる。

先ほどと同様に、屍人騎士《ゾンビナイト》が尋常《じんじょう》ではないスピードで僕に迫り、ロングソードを喉に突き立てようとしてきた。攻撃パターンが決まっているのだろうか。

相変わらず敵の動きは捉《とら》えられないが、罠を利用して無事に消滅させた。

一体目と同じように魔素を吸収し、残った腕を【悪食《ビザールフード》】で喰らい、剣を【収納】する。

戦闘を終えて移動を再開すると、左手の壁に入り口が見えてきた。

中を覗くと、先ほど入った部屋と同じ構造であることが分かる。もちろん部屋の中央には宝箱が据《す》えられている。

ちなみに、今度の宝箱は赤く光っていない。つまり、罠はないということだ。

よし、開けてみよう。

宝箱の中に収められていたのは、一振りのロングソード。

鞘《さや》から引き抜くと、丁寧《ていねい》に磨かれた白銀の剣身が光を反射して輝く。

【鑑定】によると、〔真銀製《ミスリルせい》のロングソード。攻撃力＋２５０。属性付与《エンチャント》：聖属性。追加効果：知力＋１０〕とのことだ。

（うぉぉ⁉　ミッ、真銀《ミスリル》⁉）

ファンタジーにおいてド定番の稀少《きしょう》な金属、真銀《ミスリル》だ。それを実際に目にした僕は、純粋に驚き、感動した。

本物は想像以上に美しく、これを武器として使うなんて、信じられないほどだ。

《おめでとうございます。そちらの武器は、本ダンジョンで手に入る中で最高の武器です》

（え、もしかして凄い武器⁉　これさえあれば、屍人騎士《ゾンビナイト》ぐらい倒せちゃうんじゃない⁉）

《聖属性が付与されており、アンデッドには大変効果的です。ですが、今のマスターのステータスでは多少ダメージが入る程度であり、そもそも攻撃を当てること自体が困難です。十分強くなってから戦うことをおすすめします》

トトに窘《たしな》められてしまった。テンションが上がって調子に乗りすぎたようだ。

（分かった。じゃあ武器も手に入れたし、次は下の階を目指せばいいかな？）

《いえ、下の階には聖魔法の罠がなく、今はまだ敵に勝つのが困難です。本階層で敵を倒して魔素を吸収し、強くなる必要があります》
（なるほど。確かに正攻法だと勝てる気がしないな。魔素を吸収すると強くなるのか）
《はい。魔素が増えることでステータスが上昇します。また、その種族が保有できる限界の魔素量に到達すると、進化が発生します》
そういう仕組みなんだ。進化か……楽しみだ。
（じゃあ、さっきと同じ要領で敵を倒していけばいいよね？）
《基本的にはそうなります。ただ、敵は一日一度、日が変わるタイミングでしか生成されません。このフロアには、屍人騎士《ゾンビナイト》が三体いるので、一日に三度しか魔素を得る機会が得られないことになります》
（なるほど、それだとなかなか強くなれない気がする）
《はい。ただ、魔素を得る機会を増やすことはできませんが、空いた時間にスキルの習得を行えます》
（そんなことができるのか）
《はい。こちらは初級者支援機能の一つ【スキル訓練《くんれん》】になります。種族に応じて様々なスキルの習得に利用できます。なお習得できるスキルの階級は通常《ノーマル》までです。またスキルレベルを上げるた

めのヒントも得ることができます》

（【スキル訓練】、やります。ちなみに、スキルの中には通常《ノーマル》より強いものがあるんだよね？）

《はい。稀少《レア》スキルと呼ばれるものがあり、通常《ノーマル》と比べて性能が格段に違います》

（そっか。いずれ習得できるといいなぁ）

《マスターはすでに【不死《アンデッド》】という稀少《レア》スキルをお持ちですよ》

（そうだったんだ。確かに死なないスキルが簡単に取れたらヤバいよな。もしかして僕、凄いの？）

《凄さで言うと、普通です。稀少《レア》スキルの所持者は決して多くはないものの、全くいないというほどでもない、といった現状です》

（……ま、そうだよね）

僕はこの世界ではケツの青い新人だし。傷ついてなんかいないぞ。

《マスターはこれからどんどん成長し、次々と強力なスキルを習得します。なにとぞご安心くださ い》

（それは楽しみだ。頑張るよ）

《はい。では、このフロアにいるもう一体の屍人騎士《ゾンビナイト》を倒したら、一度支配者の墓室に戻り、今後の訓練について相談しましょう》

（了解。じゃあサクサク罠に嵌めよう）

僕はお宝を手に入れた部屋を出て通路を左に進む。

予想通り壁に突き当たり、右に曲がる。

トトに罠の場所を聞き、さっきと同じ要領で敵を倒す。今回は腕も一緒に消滅してしまったので、戦利品はなかった。

そして、最初の部屋に戻ってきた。

（トト、じゃあ訓練について教えてくれる？）

《承りました。それではご説明します》

トトが説明してくれた訓練の方針はこうだった。

〔スキル習得の方法〕
・剣術《けんじゅつ》Lv1　↓　剣の素振《すぶ》りを繰り返す。剣を使って敵を倒す。
・魔法《まほう》Lv1　↓　魔法陣や詠唱《えいしょう》などで魔法を発動する。

〔スキル成長のヒント〕
・罠検知　↓　罠の仕組みを知ろう。
・痛痒耐性　↓　毒息《ポイズンブレス》、腐息《ディケイブレス》、痺息《パラライズブレス》などを自分にかけてみよう。

・精神耐性　↓　強そうな敵と戦ってみよう。
・毒息《ポイズンブレス》　↓　たくさん使ってみよう。
・腐息《ディケイブレス》　↓　たくさん使ってみよう。
・痺息《パラライズブレス》　↓　たくさん使ってみよう。
・再生　↓　たくさんダメージを受けてみよう。
・毒耐性　↓　毒息《ポイズンブレス》を自分にかけてみよう。
・腐耐性　↓　腐息《ディケイブレス》を自分にかけてみよう。
・痺耐性　↓　痺息《パラライズブレス》を自分にかけてみよう。

スキル習得の方法は具体的で分かり易い。スキル成長のヒントの方はなんというか……小学校の理科の実験みたいだな……

まずはスキルの成長の訓練から始めていく。

僕は部屋の中で、【毒息《ポイズンブレス》】【腐息《ディケイブレス》】【痺息《パラライズブレス》】をそれぞれ吐き出した。

耐性は持っているが、充満した息《ブレス》によって、しっかりそれぞれのステータス異常にかかった。

【毒息《ポイズンブレス》Lv1】と【毒耐性Lv1】がぶつかると、毒が軽減されるものの、完全に無効化されるわけではないらしい。また、他のステータス異常も同様のようだ。

毒で体力が減り、腐敗で感覚が鈍《にぶ》り、麻痺《まひ》で動きが取りにくくなる。

ダメージを受けるとすぐに【再生】が始まって、体力が回復するものの、あまりの苦痛に、僕はその場に倒れ込んだ。

全身が痛いしだるいしで動けない。

地獄だ……これでステータス異常が軽減されているなんて、信じられない。

耐性が上がり、苦しみから抜け出せるように、ただ祈るしかない。

五分程度で体から痛みが消えて楽になり、動けるようになった。

僕は立ち上がって耐性を確認する。

(耐性は上がっていないか……さすがに一回じゃ無理だよな)

《はい。一般的に、耐性は十回以上なんらかの刺激を受けることで、発現する場合が多いです》

(了解。こちとら十五連勤、三徹をくぐり抜けてきた猛者《もさ》。これくらい屁でもないわ!)

先ほどと同じように、ステータス異常を発生させる息《ブレス》を吐いては受け、吐いては受けの流れを何度か繰り返す。

すると、七回目が終わった時点で、あの声が聞こえてきた。転生前にスキルを取得した時に聞いた声だ。

〔【痛痒耐性】【再生】【毒耐性】【腐耐性】【痺耐性】がLv2になりました〕

(思ったよりも早く耐性上がったかな)

《はい。私の想定に誤りがありました。申し訳ありません》

(いやいや、全然大丈夫だから謝らないで。ただ、なんで想定と違っていたんだろうな)

《マスターの能力で不確定な要素は【不死の兵卒《アンデッドポーン》】だけです。この加護の効果で、スキルのレベルアップ条件が下がっている可能性があります》

(謎が多いけど、もしそうならありがたいな)

スキルのレベルアップが楽しい。明日までまだ時間があるし、このまま訓練を続けるか。

前世では働きすぎて過労死したっていうのに……懲《こ》りないな、僕も。

でもアンデッドだからか、疲れるという感覚がない。アンデッドと社畜って相性良すぎないか……？

◆

翌日も、僕は屍人騎士《ゾンビナイト》狩りに出かけた。

これまでと違うのは、敵を呼ぶ際に【毒息《ポイズンブレス》】と【腐息《ディケイブレス》】、【痺息《パラライズブレス》】を全て使うようにしたことだ。

もちろん、スキルレベルを上げるのが目的だ。

また、【罠検知】で検知した罠の種類をトトに聞き、安全に罠を発動させせて、仕組みを理解していった。

なお、昨日真銀《ミスリル》の剣を発見した宝箱も見に行ったが、残念ながら空っぽだった。一度取ったら中身は復活しないのだろう。

狩りと【罠検知】の訓練を終えた僕は、部屋に戻った。時計がないから正確には分からないが、もう半日は過ぎていると思う。

(そういえば、こっちの世界に来てから腹が全然減らない気がするけど、屍人《ゾンビ》だからかな?)

そんな疑問をぶつけると、トトが答えてくれた。

《いえ、ゾンビも魔素を吸収したいという本能的な欲求から、お腹が空きます。マスターはすでに、一日に必要な魔素を十分吸収しているため、お腹が空かないのです》

(なるほど、敵を倒したり【悪食《ビザールフード》】で喰らったりして魔素を吸収することが食事になっているわけか。よし、まだまだ動けるし、早速【剣術】からやっていこう)

《はい。【剣術】の習得には、まず素振りによる訓練が必要です》

(分かった)

僕は訓練のために、あえて真銀《ミスリル》よりも重い鋼鉄製の剣を【収納】から出した。

剣を両手で持ち、上段から全力で振り下ろす。完全に我流なので、おそらくフォームはめちゃくちゃだ。
以前の自分なら多分、十回も素振りする前に腕が上がらなくなっていただろう。しかし今の僕は、力も体力も増えているらしく、五十回は難なくこなせたし、息を切らしながらも百回できた。少し感動した。
《お疲れ様でした。次に【魔法】の習得に進みますか?》
(うん、どんどんいこう!)
《承りました。まず初めに、魔法の発動に必要な要素として、魔力、宣言、媒体《ばいたい》の三つが挙げられます。基本的に、これらが欠けると魔法を発動することができません》
(ほうほう)
《魔力はお分かりかと思います。次に宣言ですが、なんの魔法を誰にどのように発動したいかを宣言することになります。たとえば、【火球《ファイアボール》】という魔法であれば、〈火の玉が敵を焼き尽くす。【火球《ファイアボール》】〉といった具合です》
(うーん、なるほど。ちなみに魔法の名前を唱えるだけでも魔法って出せるの? ちょっと宣言が長すぎて、使おうとしている間にやられそうな気がする)
《はい。魔法のイメージさえしっかりしていれば、宣言を省略して発動することができます。しかし魔法は種類が豊富なため、複数のイメージを正確に覚えて運用するのは簡単ではありません。そ

こで、明確に定義された宣言を使うことで、それを頭にイメージしやすくするわけです》
（なるほど。じゃあ、媒体ってやつは？）
《具体的には声や文字などが媒体として利用されます。そして、宣言と媒体を組み合わせることで、魔法の発動機構になります。声で代表的なものには詠唱が、文字で代表的なものには魔法陣が挙げられます》
（詠唱とか魔法陣とか、凄くやってみたい）
《承りました。詠唱は宣言を声に出してそれに魔力を乗せる形で、魔法陣は文字で宣言を書き、それに魔力を流す形になります。マスターは現在声を発することができませんので、魔法陣で練習していきましょう》
トトの言う通り、今の僕は、喋《しゃべ》ろうとしても「グアァァ」とかしか声が出ない。
（屍人《ゾンビ》って困るな。不便だわ）
《種族進化すれば、声を発することも可能になります》
（ふーん。すぐには無理だろうし、あまり期待せずに待つか。じゃあ、魔法陣を教えてくれる？）
《承りました》
そう言うと、トトは魔法陣の描き方と【火球《ファイアボール》】の宣言を改めて教えてくれた。
魔法陣は部屋の床に描くことにする。

落ちている小石を拾って、教えてもらった通りに、まずは大きめの円を描き、円の内側に沿って宣言を書いていく。

円も文字も大分歪《ゆが》んでいるが、なんとか完成した。

宣言で使う文字は僕の知らない言語で、魔法言語というものらしい。【言語理解Lv1】のおかげで、不思議と読み書きできる。

《素晴らしいです。それでは、こちらの魔法陣に魔力を流していきましょう。触れるだけで魔法陣に魔力が流れます》

（了解）

僕が魔法陣に手を触れると、体から魔力が抜ける感覚と同時に、描かれた文字や図形が赤く光る。

そして、火の玉が空中に現れ——数秒後に消えた。

〔【魔法Lv1】を習得しました〕

またあの声が聞こえた。どうやらスキルを習得したらしい。

（魔法できた！　でも、どこにも飛ばずに消えてしまったな）

《スキル習得、おめでとうございます。魔法は向かうべき相手がいない場合、このようにすぐに消失します》

その後、初級魔法を一通り教えてもらい、魔法陣を描いて発動してみた。全ての魔法が問題なく発動できた。

魔法楽しい。いや、楽しすぎる!!

普通、魔法は一つにつき一、二カ月くらいかけて、宣言と発動を繰り返し練習し、その魔法のイメージを覚えてやっと使えるようになるらしい。

しかしなぜ僕がすぐに発動できたかというと、漫画やアニメ、ゲームで日々魔法的なものに親しんできたからだ。

もしも魔法を使えたら……なんて妄想《もうそう》した経験も、一度や二度ではない。

そんなことを十代から始めているから、イメージするだけならキャリア二十年以上のベテランだ。

この日は残りの時間、剣の素振りと魔法の練習をして過ごした。

◆

異世界転生して三日目は、日課の屍人騎士《ゾンビナイト》狩りと素振り、魔法陣の練習に丸一日費やした。

そして四日目。この日も屍人騎士《ゾンビナイト》狩りを始めると、一体目であの声が聞こえた。

〈【罠検知】【精神耐性】【毒息《ポイズンブレス》】【腐息《ディケイブレス》】【痺息《パラライズブレス》】がLv2になりました〉

おっ、上がった上がった。

息《ブレス》がどのぐらい強くなったのか、試してみるか。

二体目を呼ぶ時に、それぞれの息《ブレス》を吐いてみる。

前よりも息《ブレス》の色が濃くなっているし、効果も上がっているらしい。

迫ってくる敵の動きが大分遅く感じる。十分、目で追えるスピードだ。

（んー、便利になったけど、なんか三種類使うのが面倒くさい。一度に吐けないかな？）

《そのようなスキルの情報はありません》

（無理なのか。でも、なんだかいけそうな感じがするんだよね。試しにやってみるか）

二体目を処理し、三体目を呼ぶ時に、別々に吐いていた息を一度に合わせて吐くような感覚で試してみた。

すると、それぞれが混じり合って真っ黒になった息が僕の口から吹き出て、前方へと広がった。

成功したのかな。っていうか、ちょっと普通の息《ブレス》と違うような？

息《ブレス》は単に拡散するだけでなく、一部が敵にまとわりつくような動きを見せている。

するとあの声が聞こえてきた。

〔【毒息《ポイズンブレス》Lv2】【腐息《ディケイブレス》Lv2】【痺息《パラライズブレス》Lv2】が統合され、稀少《レア》スキル【悪息《ヴェノムブレス》Lv2】を習得しました〕

おっ、稀少《レア》スキルになったぞ！

息が敵にまとわりつくから、おそらく効きやすくなったり、効果が長引いたり——といった変化があるのだろう。
大分動きが遅くなった敵を、いつものように罠で処理したところ、またあの声が聞こえた。
〔魔素が種族の限界値に到達しました。種族進化します〕
全身が熱くなり、目に見えるほど濃密な魔素で覆われていく。
（え？　何か突然始まった!?）
《はい。種族進化の一連の過程が始まりました。すぐに終わりますので、このままお待ちください》
トトが安心させてくれた。
その間も、僕の体は濃密な魔素に閉じ込められて、とてつもないスピードで分解され、再構築されていく。
十秒もしないうちにそれは終わり、またあの声が聞こえた。
〔還魂者《レブナント》に進化しました〕
体を包んでいた魔素が体内に消えると同時に、周囲が昼間のように明るくなった。
（あれ？　こんなに明るかったっけ？）
《スキル【暗視《あんし》】が発動しているものと思われます》
（なるほどね、便利だな。あっそういえば、進化して喋れるようになったかな？）

発声してみる。
「あっ、あっ、あー。おっ、話せている？　トトさん？」
《はい。マスターの声がはっきりと聞こえています》
「よし！　これで詠唱もできるぞ！」
《はい。おめでとうございます》
「ちなみに進化したけど、少しは強くなったのかな？」
《はい。それはもう。還魂者《レブナント》は中位アンデッドですが、高位アンデッドに勝《まさ》るとも劣《おと》らない能力を秘めています。当たりです》
「当たり、ねぇ……」
《はい。当たりです。能力は万能型で、剣も魔法も問題ありません。マスター好みかと思います》
「さすが、分かっていますなぁ、トトさんは。特化型《スペシャリスト》より万能型《ジェネラリスト》が好きなんだよね」
《はい。よろしければ、ぜひ進化後のステータスをご覧ください》
「そうだね。ステータスオープン！」
ステータスはこのように変化していた。

名前：なし（転生者）　種族：還魂者《レブナント》　総合評価値：5206

体力：４３０　魔力：３９２　筋力：３４６　知力：３５１
素早さ：２６５　器用さ：２４７　運：３６０
共通《コモン》スキル：初期指導《チュートリアル》（トト）Lv１　言語理解Lv２　鑑定Lv３　収納Lv２　罠検知Lv３
全属性耐性Lv２　痛痒耐性Lv３　精神耐性Lv３　魔法Lv２
種族《スピーシーズ》スキル：不死《アンデッド》Lv２　悪食《ビザールフード》Lv３　悪息《ヴェノムブレス》Lv３　再生Lv３　状態異常耐性《じょうたいいじょうたいせい》Lv３　暗視Lv２
使役《しえき》Lv２　生命吸収《ドレインタッチ》Lv２　即死《デス》Lv２
魔法：火球《ファイアボール》　水弾《ウォータバレッド》　風刃《ウィンドカッター》　岩槍《ロックランス》　小回復《ヒール》　闇霧《シャドウミスト》
加護：不死の騎士《アンデッドナイト》

スキルは元々持っていたもののレベルがほとんど一つ上がっている。

また種族《スピーシーズ》スキルの耐性は【状態異常耐性】に統合された。種族《スピーシーズ》スキルでは他に、【暗視】【使役】【生命吸収《ドレインタッチ》】【即死《デス》】が増えている。

「ステータスがかなり上がっているね。魔素を吸収するごとに少しずつ上がっていたけど、進化後の増え方は凄いな。トト、【使役】と【生命吸収《ドレインタッチ》】【即死《デス》】っていうスキルは初めて見たんだけど、どんな効果か分かる？」

《はい。まず【使役】ですが、知能の高い下位レベルの魔物を、少量の魔素を対価に使役するスキルです。魔物の種類に制限はありませんが、コウモリやネズミ系の魔物が比較的【使役】に応じやすいです》

トトは淀みなくスキルの説明を続ける。

《【生命吸収《ドレインタッチ》】は、生物に触れるなどすることで生命エネルギーを奪い、魔素に変換して吸収するスキルです。生命エネルギーを奪いすぎると相手は死んでしまいます。なお、アンデッドには生命がないので、【生命吸収《ドレインタッチ》】は効果がありません。最後に【即死《デス》】ですが、耐性がない相手や下位の存在などの生命を、戦わずして一瞬で刈《か》り取《と》るスキルです。多くの生命は死に抗《あらが》うため、簡単に成功するものではありません。なお、このスキルは、【生命吸収《ドレインタッチ》】と併用することができます》

「【使役】は便利そうだけど【生命吸収《ドレインタッチ》】と【即死《デス》】はちょっと怖い。封印だな、封印」

人間とは相容《あいい》れない感じのスキルばかりだ。何か邪悪な存在に進化してしまった気がする。

その後、僕は部屋に戻ると、今日も日課の素振りをしつつ、詠唱の練習もした。

魔法が適切にイメージできているからスムーズに発動できた。

剣も魔法も楽しすぎるよ。

◆

異世界転生五日目を迎えた。

《マスターはピラミッドを攻略するのに十分な力を得ました。本日より、本格的にピラミッド攻略を始めましょう》

待ちに待ったトトの提案を聞き、僕は喜びに打ち震える。

「……ふ、ついにこの時が来たか。今日僕は、このピラミッドを……攻略するっ！」

僕は【収納】から出した剣を高く掲げ、決意に満ちた顔で宣言した。

《お言葉ですが、今日一日で攻略するのは少々難しいかと思います》

「あっ……うん。雰囲気だけだから、気にしないで！」

《はい。下の階に移動する前に、この階で最後の訓練を実施しましょう。屍人騎士《ゾンビナイト》と擬態魔《ミミック》を、剣と魔法で倒します》

「ちゃんとした戦闘ってことか。緊張するな」

《ご安心ください。マスターは十分強くなっています》

「そうなの？　……敵を罠に嵌めて倒したことしかないから、ピンとこない」

《では、ものは試しに一体目の屍人騎士《ゾンビナイト》を倒しに行きましょう》

「分かった」

通路に出て索敵を始めると、すぐに一体目の屍人騎士《ゾンビナイト》を見つけた。

真銀《ミスリル》の剣を【収納】から取り出しておき、まずは【悪息《ヴェノムブレス》】を吐き出した。

息は凄い速さでフロアに充満し、敵にまとわりつく。

敵は僕に気づき、いつものようにこちらに迫ってきた。しかし、そのスピードはかなり遅い。

【悪息《ヴェノムブレス》】の効果で上手く体が動かないようだ。

それでも、敵は走りながら剣を右腰辺りで両手に握り、切っ先を前方に向けて、突きの構えをとった。

そして間合いに入った瞬間、剣の切っ先が僕の喉元を狙って迫る。

だが、今まで何度も見た攻撃だ。僕は余裕を持って左に跳んでこれを避ける。

敵の攻撃は空を切った。

攻撃が外れたと見るや、敵はすぐに次の攻撃へと移ってくる。腕を引き戻し、さらにこちらに踏み込んで剣を横に薙《な》いだ。

しかし、今の僕にはこの動きも見えていた。

横から襲いかかる刃に対し、こちらも真銀《ミスリル》の剣で受ける。「ガギィイン！」という金属音が通路に響いた。

真銀《ミスリル》製の剣そのものの強さと、ステータスの高さのおかげもあってか、不格好ながらもなんとか敵の剣を受け止めることができた。

その後も屍人騎士《ゾンビナイト》は連撃を繰り出してくるが、僕はそれを見極め、剣で受け続ける。

それにしても、敵ながら非常に美しい剣技だ。鎧を纏っていて体は重いはずだが、剣を振る速度は決して遅くない。

また、鍛錬《たんれん》を積み重ねたであろう太刀筋《たちすじ》はブレがなく、まっすぐこちらにのびてくる。

しばらく剣を受け続け、敵の攻撃パターンが理解できたので、僕は攻撃に移る。

詠唱しながら敵の剣を弾き、体勢を崩したところで、敵に手のひらを向けて、魔法を放った。

「【火球《ファイアボール》】！」

燃え盛る炎の球が宙に生じ、前方へ飛び出した。

避けることができず、もろに魔法を食らった敵は、全身を炎に包まれながら衝撃で後方に吹っ飛んだ。

どうやら敵を倒せたようだ。僕の体に魔素が流れ込んでくる。すると、あの声が聞こえた。

〔【剣術Lv2】を習得しました〕

「キター！　しかも、はじめからLv２！」

異世界初めての（剣と魔法を駆使した）戦闘は、僕の勝利で幕を閉じた。

「なんとか罠を使わないで倒せたし、【剣術】も覚えられたな。ちなみに【火球《ファイアボール》】一発で倒せたのって、【悪息《ヴェノムブレス》】のおかげだよね？」

《はい。毒による継続的なダメージで、瀕死だったと思われます》

「そっか。せっかく【剣術】も習得したし、次は剣のみで戦おう。訓練、訓練！」

そう言いながら、フロアの索敵を再開し、二体目の屍人騎士《ゾンビナイト》を発見した。剣だけで勝てるのか？少しそんな不安を感じたが、トトからは問題ないとのお言葉。信じよう。

右手に剣を持ち、屍人騎士《ゾンビナイト》の突きの構えを真似《まね》た。

そのまま腰を落として駆け出し、一気に敵との間合いを詰める。

「ウォオオーー‼」

僕は雄叫《おたけ》びを上げながら、敵の喉元に剣を突き出した。

屍人騎士《ゾンビナイト》は即座に反応し、剣で打ち払おうとするが、完全には攻撃を防げなかった。僅かに軌道を逸《そ》らされたものの、僕の剣が敵の喉の右半分を貫《つらぬ》く。

「ジュッ」と焼ける音がした。

聖属性の攻撃により、肉が焼《や》け焦《こ》げたのだろう。

僕は勢いそのままに、今度はさっきの連撃を真似て剣を横に振り抜き、敵の首を刎《は》ね飛《と》ばした。

剣のみでも勝つことができた。

ステータスを見ると、【武技】の欄に【死突《デススタブ》】【死舞《ロンド》】という技が追加されている。

どちらも屍人騎士《ゾンビナイト》の技で、前者が高速突き、後者が連撃のことらしい。何度も技を受けて、真似したら覚えられたみたいだ。

敵の体を【悪食《ビザールフード》】で吸収後、三体目を見つけ出し、戦闘を開始する。

今回は魔法のみで倒すことにした。

十分離れたところから詠唱を開始し、魔法を放つ。

「【風刃《ウィンドカッター》】！」

大気を圧縮して作られた鋭《えい》利《り》な刃が高速で飛び、敵の腕を切り裂く。

しかし、屍人騎士《ゾンビナイト》の腐った腕は、地面に落ちるや否《いな》や、動き出して元の場所に戻った。

「こいつ、【再生】持ちだったのか」

敵はこちらに気づき、いつものように迫ってきた。

僕もすぐに詠唱を開始し、後退しながら魔法を放って応戦する。

「【岩槍《ロックランス》】」

二本の細い短槍が宙に発現し、同時に敵を襲った。

槍は見事、敵の胸部と腹部に突き刺さる。

しかし、数秒動きを止めたものの、敵はその槍を引き抜き投げ捨てて、またこちらに迫ってくる。

胸と腹に空いた穴はもう塞がろうとしている。

全然効いてないじゃん！　こいつ、こんなに強いのか⁉

それに、詠唱はやっぱり時間がかかりすぎるな。格好いいから好きだけど……

好みではあるが、そうも言ってられない。

以前トトから、魔法の名前だけでも発動できると聞いた。詠唱はイメージを構築しやすくする補助的なものだから、必須というわけではないと。

では魔法名の宣言は必要か？　これについては聞いていない。

単純に音であればなんでもよかったりするのか？

つまり「あ」と言うだけでも発動するかもしれない。そう考えた僕は、敵の素早い攻撃を避けながら聞いた。

「トト、ただ音を出すだけでも魔法の媒体にできるの？」

《はい。おっしゃる通りです。理論上はイメージとなんらかの音があれば、魔法の発動機構として機能します》

なるほど、言葉ではなくて音が媒体になるのか。じゃあこれならどうだ？

僕は屍人騎士《ゾンビナイト》の横薙ぎを後方に大きく躱《かわ》し、魔法をイメージしながら、指をパチン、と鳴らした。

次の瞬間、人の頭大の水球が宙に生成され、弾かれたような勢いで敵に突っ込む。

大きな砲弾と化した球は、屍人騎士《ゾンビナイト》の膝を撃ち抜いた。

「成功した！」

膝から下を失った敵は大きく体勢を崩したが、すぐに【再生】を始めようとする。

僕はそれを許さず、二回続けて指を鳴らした。

今度は燃え盛る二つの火球が顕現し、敵を襲った。

どちらもモロにくらった敵は、強力な炎に焼かれ、為す術なく灰になっていく。

どうやら消滅したらしい、体に魔素が流れ込んできた。

《おめでとうございます》

「ありがとう！　屍人騎士《ゾンビナイト》が強くてビビったけど、新しい魔法の出し方も覚えられたし、収穫あったな！」

《はい。お疲れ様でした。これで屍人騎士《ゾンビナイト》は狩り終えましたので、次は擬態魔《ミミック》に挑みましょう》

「テンポ早い！　けど、オッケー！　そういえば、擬態魔《ミミック》ってどんな敵なんだ？」

《宝箱に擬態《ぎたい》した悪魔で、開けようとした者を食い殺そうとします。戦闘になると、隠していた手足を現し、素早く動きます。また、悪魔ということもあり、魔法が得意です》

「手足が出てくるのはちょっと嫌だ……魔法を使う敵って初めてだな。それは少し楽しみか」

三体目の屍人騎士《ゾンビナイト》を倒したこの通路の壁際にも、部屋への入り口があった。中を見ると、以前擬態魔《ミミック》がいた部屋と全く同じ造りだった。

室内を【罠検知】で確認すると、中央に据えられた宝箱がやはり赤く光っている。擬態魔《ミミック》だ。

僕はいきなり宝箱に向けて【悪息《ヴェノムブレス》】を放つ。

息が黒くまとわりつき、箱がガタガタと動き出すが、すかさず指を鳴らして、【岩槍《ロックランス》】の魔法を発動した。

槍が突き刺さり、箱が動かなくなった。

倒せたらしい。【悪食《ビザールフード》】で吸収することができた。

「あれっ？　もっと苦戦するかと思ったけど……」

《はい。おそらく、【悪息《ヴェノムブレス》】の効果が強力なのでしょう》

「うーん、さすが稀少《レア》スキルって感じかね」

擬態魔《ミミック》がいた場所には、棒状の何かが落ちていた。

アイテムをドロップしたらしい。

よく見ると、アイテムは杖だった。全体が暗灰色《ダークグレー》で、先端には髑髏《どくろ》がついている。

年季の入った厳《いか》つい杖で、持っているだけで呪われそうだ。こんな禍々《まがまが》しいデザインにした人の顔が見てみたいよ。

そう思いながら、早速【鑑定】してみると、このような結果が出た。

〔不死者《ふししゃ》の杖《つえ》。知力＋５０。アンデッドが使うとその真の力を引き出すことができる〕

「ほうほう……あれ、【鑑定】結果にアイテムの説明文が追加されている？」

《はい。【鑑定】レベルが上がり、さらに情報が読み取れるようになった結果です》

「おお、便利。だいぶあっさりした説明だけど、あるとないとでは大違いだな。杖は使ってみたいけど……基本、剣を使いたいし、今はいいか」

僕はひとまず杖を【収納】にしまった。

用事が済んだので、部屋を出て、今度は反対側の通路にある部屋に向かう。残りの擬態魔《ミミック》と戦うためだ。

部屋に入ると……やはり赤く光る箱がある。

今度は【悪息《ヴェノムブレス》】を使わないで倒すことにする。

まずは挨拶がわりに、先ほどと同じ【岩槍《ロックランス》】を、指を鳴らして撃ち込んだ。

射出された槍が箱に突き刺さったかと思われたが、触れる寸前で弾かれた。

箱の周囲に、薄い光の膜《まく》のようなものが見える。

「シールド？」

《はい。【魔法障壁《マジックバリア》】と呼ばれるスキルで、スキルレベルに応じて、魔法を弾く効果があります。悪魔は魔法の操作が得意で、多くの悪魔系種族はこのスキルを持っています》

なかなか厄介《やっかい》だ。僕が使える魔法は初級魔法だけだから、擬態魔《ミミック》の【魔法障壁《マジックバリア》】を抜けそうにないな。

【岩槍《ロックランス》】の衝撃でこちらの存在に気づいたのか、箱の両サイドから紫色の腕が生《は》えた。

さらに箱の下から長い足が生えて、擬態魔《ミミック》が立ち上がる。身長は二メートルを超えるほどだ。

「うわ、見た目えぐいわー」

そんな僕の呟《つぶや》きに腹を立てたのだろうか。擬態魔《ミミック》が耳障《みみざわ》りな叫《さけ》びを上げる。

「キキャ！　ケキャ！」

その直後、【火球《ファイアボール》】よりも一回り大きい炎の塊《かたまり》が宙に現れ、僕に向かって飛んできた。

速度はそれほどでもないので、魔法で迎撃してみることにする。

僕は【水弾《ウォータバレッド》】を頭でイメージし、指を二回鳴らして放った。

擬態魔《ミミック》の魔法と僕の魔法は空中でぶつかり、真っ白な湯気を残して消滅した。

しかし、突然その湯気の中から擬態魔《ミミック》が飛び出してくる。

瞬時に間合いを詰め、僕に横蹴りを浴びせる。

僕はなんとか反応して剣でこれを受けたが、その衝撃で吹っ飛ばされ、右手の壁に激突した。

多少のダメージはあったものの、【再生】スキルのおかげですぐに回復する。

しかし、敵の方が戦闘が上手そうだし、少し考える時間が欲しい。

僕は指を鳴らして【闇霧《シャドウミスト》】の魔法を発動。フロアが暗闇に包まれていく。

敵は僕を見失ったようで、すぐには追撃してこない。

一方、こちらは【暗視】の効果で、相手の姿がバッチリ見えている。

敵と距離を取りつつ、なんとか落ち着いて思考を巡《めぐ》らせる。

（あいつには僕の魔法が効かない。逆にやつの魔法は強力だ。同じ火の魔法でも、僕の【火球《ファイアボール》】よりも一回り大きかった。あれは【火球《ファイアボール》】よりも上位の魔法かな？）

《はい。【烈火球《バーストファイア》】と呼ばれる中級魔法で、【火球《ファイアボール》】の数倍の威力があります》

（耐性があるとはいえ、あれはまともにくらっちゃダメなやつだな。しかし、擬態魔《ミミック》って、あんなに動きが速くて、硬いのかな？　ほとんど一瞬で接近されたし、蹴りを受ける時に刃を立てていたんだけど、全然切れてなくて……なんでか分からないんだよね）

《擬態魔《ミミック》は中位悪魔ですが、通常、マスターが目で追えない、マスターの剣が届かない、といったレベルの魔物ではありません。おそらく、あの擬態魔《ミミック》は【身体強化《しんたいきょうか》】と【物理障壁《フォースバリア》】のスキルを持っており、それを同時に発動していたと思われます》

（そうなんだ……擬態魔《ミミック》強くない!?　それとも、この世界の魔物は全部こんな感じなの？）

《いいえ。悪魔は魔物の中でも上位の存在とされています。また、ここはピラミッドというダンジョンの最上階なので、棲息《せいそく》する魔物は比較的強力です》
良かった……この世界で生きていく自信を失いかけたよ。悪魔なんて今後はそうそう出会わないだろうな。
(ちなみに相手が使ってきた【烈火球《バーストファイア》】とか、こっちも覚えられないのかな?)
《【烈火球《バーストファイア》】の詠唱や魔法陣については情報がなく、残念ですがお伝えすることができません。【魔法障壁《マジックバリア》】【物理障壁《フォースバリア》】【身体強化】につきましても、習得条件は不明です》
(だよねぇ。知ってたら教えてくれたよな。無茶言ってごめん。【悪息《ヴェノムブレス》】を使えば倒せるのは分かっている。けど、もし擬態魔《ミミック》に効かなかったらって考えると、恐怖を覚えるよ。全然こっちの攻撃が通らないいんだもんな)
《……おっしゃる通りです。【悪息《ヴェノムブレス》】の効かない魔物が出現するのは想定できることでした。初期準備が不足していました。【初期指導《チュートリアル》】としての機能に不備があり、申し訳ありません》
(いやいや! そういうことじゃないよ!? ただ、【悪息《ヴェノムブレス》】に頼ってばかりいても強くなれない……よし、こいつで【悪息《ヴェノムブレス》】が効かない敵との戦い方を練習しておこう!)
まだ【闇霧《シャドウミスト》】は晴れておらず、擬態魔《ミミック》はうろうろと僕を捜《さが》している。
一方、こちらははっきりと敵を把握《はあく》できており、有利な状況だ。

まずは、僕の全力の攻撃が敵に通るのか試すことにする。

三メートルほどの距離を置いて、敵の背後に回り込んだところで、霧が晴れた。

僕は思いきり地を蹴り、擬態魔《ミミック》に向かって駆け出す。箱部分はだいぶ硬そうなので、腕を狙って上段から全力で剣を振り下ろした。

刃が当たった瞬間、「バギィィイン!!」という硬質な――ガラスが壊れるような音が響き、敵の腕が折れ曲がった。

【物理障壁《フォースバリア》】を破壊し、生身の腕に剣を叩きつけることに成功した。

しかし、その攻撃が擬態魔《ミミック》を怒らせた。

「ギィギャアアアア!!」

擬態魔《ミミック》は振り向きざまに回し蹴りを放つ。

僕はその蹴りを剣で受けるが、強い衝撃と共に吹き飛ばされた。

「キキイ！　ケキャ！　クキイ！　ケキャ！」

擬態魔《ミミック》が鳴き声のような音を発すると、僕の周囲の地面から先が尖《とが》った太い岩が頭を出す。

起き上がって避けようとすると、それを妨《さまた》げるかのように岩が頭上で交差する。

隆起《りゅうき》した岩は僕を突き刺すのが目的ではなく、動きを止めるのが目的だった。

ということは……

すでに別の魔法が僕に向かってきていた。

それは小型の竜巻のようなものだった。

あれをくらうのはちょっとまずそうだ。

僕は囲んでいる岩の檻《おり》を破壊しようと、【岩槍《ロックランス》】をイメージして指を鳴らす。

槍は岩に向かってぶつかるが、少し欠けた程度で破壊することができない。焦《あせ》ってもう一度発動しようとした時にはすでに竜巻が迫っていた。

僕だけを標的に、囲んでいる岩を通り抜けてくる竜巻。複数の風の刃が回転しているような魔法で、どんどん体に切り傷が生まれる。

そこまで痛みはないけど、耐えることしかできないなんて、地獄だ……

やっと竜巻が通り過ぎて、僕は気づいた。

――自分の右腕が剣と共に地面に落ちている。

それを見て、悪魔が笑っている。

「クキャキャキャキャア!!」

顔がないので表情は窺えないが、声が喜悦《きえつ》に満ちている。さっき腕を折られた恨《うら》みを、倍にして返してやったというわけか？

残念ながら、落ちた腕は【再生】ですぐにくっついた。

だが、岩に囲まれて動けない状態のままでは、とても敵にダメージを与えられそうにない。

僕の攻撃で一番威力があるのは、素振りして練習した、上段から剣を全力で振り下ろす技だからだ。

体勢を立て直すために、もう一度【闇霧《シャドウミスト》】を使っておく。

(あの野郎キャッキャしやがって、頭にくるな！　でも、もうこれ以上はきついか。岩が壊せないから、動けない。やっぱり普通に戦っても勝てないかぁ……)

《マスター、一つご提案があります》

(ほう、なんだね？　トトさん)

《はい。マスターはすでに【魔法Lv２】のスキルをお持ちで、中級魔法を使う準備ができています。また、マスターは魔法の想像力と理解力が非常に高いです。これらの理由から、もしかすると学習なしで、敵が使ってきた魔法を再現できるかもしれません》

凄く褒《ほ》められている⁉

(ふ、ふむ。確かに、僕の想像力と理解力ならそれも可能か。よし、やってみよう！)

《はい。念のため、魔法の名前のみお伝えしておきます。地属性の方が【大地牙《アーススパイク》】、風属性の方が【旋風刃《ウォルウィンド》】です。なお【烈火球《バーストファイア》】も含めて、中級魔法であれば、相手の【魔法障壁《マジックバリア》】を破壊して、ある程度のダメージを与えられます》

（分かった！）

まずはこの岩の檻を破壊したい。岩の見た目や質感、先ほど起きた現象を思い描き、魔法名を唱えてみる。

「【大地牙《アーススパイク》】！」

すると、僕の足元から新たに尖った太い岩が生まれ、岩の檻を破壊した。

そして、僕が指を鳴らすと、新しく生まれた岩も消え去った。

「できたよ、トト！　消すところまで完璧！」

《さすがマスターです》

しかし、今ので相手にこちらの位置がバレたらしい。【闇霧《シャドウミスト》】も晴れている。

「コキィ！　ケキャ！」

擬態魔《ミミック》が魔法を発動する。頭上に氷でできた細長い針のようなものが十本生まれた。

「水属性か？　んじゃこっちは、【烈火球《バーストファイア》】！」

【烈火球《バーストファイア》】のイメージは正直簡単だった。【火球《ファイアボール》】を一回り大きくするだけでいい。

巨大な炎の球が僕の頭上に発生し、敵へと飛翔する。

敵の方からも氷の杭《くい》が向かってきて、衝突した。

魔法の相殺《そうさい》を確認した瞬間、僕は再度指をパチンと鳴らして、【大地牙《アーススパイク》】を発動した。

先ほどやられたお返しに、擬態魔《ミミック》を囲む岩の檻を作り出す。

僕が突然中級魔法を使い出したので、敵は少し狼狽《ろうばい》しているようだ。

その隙に、ひどい目に遭《あ》わされた【旋風刃《ウォルウィンド》】をイメージする。複数の風の刃が高速で回転し、小さな竜巻をなす感じだ。

そして指を鳴らすと旋風《つむじかぜ》が前方に生まれ、敵に襲いかかった。

「トト、さっき擬態魔《ミミック》が使ってきた氷魔法の名前を教えて？」

《はい。【大氷柱《アイシクル》】です》

「サンキュー。氷柱《つらら》みたいなやつを複数イメージして……【大氷柱《アイシクル》】！」

僕がそう言うと、複数の大きな氷の杭が頭上に生じ、竜巻の後を追うように敵に向かった。

身動きができず、【旋風刃《ウォルウィンド》】をもろにくらった敵の手足や箱部分に切り傷ができる。

そこに【大氷柱《アイシクル》】が届き、全身に杭が突き刺さる。

「確かにダメージが入っている。それはそうと【魔法障壁《マジックバリア》】って凄いな。全身タイツみたいな感じの膜で、体を覆っているのか？」

《はい。そのイメージで間違いないと思われます》

「ふむ、オートガードだとすると、凄いスキルだな。絶対欲しい。さっ、そろそろ倒そう」

僕は氷柱に全身を貫かれて動けない敵に、指を鳴らして【大地牙《アーススパイク》】を放つ。

尖った岩製の牙が敵を襲い、岩の檻を破壊して上へ持ち上げた。

僕は一気に敵との距離を詰め、上空へとジャンプ。指を鳴らして【大地牙《アーススパイク》】を消し、敵が宙に浮いた瞬間、上段に構えた剣を箱のど真ん中に振り下ろす。

見事に箱を真っ二つにした時、魔素が体に入り込んできた。

やっと倒すことができた。

正直、かなり厳しい戦いだった。

〔【剣術】【魔法】【全属性耐性】がLv３になりました〕

あの声が聞こえる。

ステータスを見ると【剣術】の欄に【閃斬《スラッシュ》】という技が追加されていた。

素振りの練習で何度もやっていた上段から剣を全力で振り下ろす動き。

あれを実戦で試したら、技として覚えることができたようだ。

擬態魔《ミミック》を【悪食《ビザールフード》】で吸収すると、アイテムを落とした。

先ほど倒した擬態魔《ミミック》もアイテムを落としたし、ドロップ確定の魔物なのだろうか。

今度のアイテムは液体が入った瓶だ。早速【鑑定】してみる。

【完全回復薬《フルポーション》。体力・身体のダメージを完全に回復する】

「なんか良さげなアイテムだけど、僕《アンデッド》が使ったら消滅しそうだな。はい【収納】っと。いやー、大変だったけど、なんとか協力して倒せたね、トト!」
《いいえ。練習もせずに初めての魔法を操るなど、並のアンデッドにはできません。マスターご自身の実力です。勝利、おめでとうございます》
「ありがとう。トトが提案してくれたおかげだよ。練習なしで使えるものだとは思っていなかったし。じゃあ早速下の階層に行こうか。そういえば、下の階層への入り口を見かけなかったな。あと、ピラミッドって何階まであるんだろう?」
《はい。下の階層への入り口ですが、以前真銀《ミスリル》の剣を発見した部屋の入り口の向かいの壁に隠されています。こちらは罠ではないので、【罠検知】で見つけることはできません。またピラミッドは全六階層あり、今我々がいる階層が最上階、第六階層になります》
「さすがトト。隠し扉も分かるのかぁ。じゃあ行きますか!」

◆

隠し扉のところまで来た。
《そちらの、壁の色が違っている部分を押してみてください》

トトに言われた部分を押してみる。すると、ゴゴゴゴゴッという音がして、石製の重い扉が開いた。

その先は下への階段になっているようだ。

「凄いな。よし、下りよう」

階段を下りた先は、広い部屋だった。床は磨かれた石が敷き詰められており、質素だが美しい。見たところ、壁や通路などで区切られておらず、何もないフロアだ。唯一、前方の床に何者かが座っているように見える。

壁に灯《あか》りが取り付けられているおかげで、その広さが分かる。さっきまでいた六階層よりも広いようだ。

下層への階段を探すと、座っている誰かの前方の床に、四角形の穴が空いているのが分かった。おそらく、あれが階段の入り口だろう。

(トト……ここって、いわゆるボス部屋じゃない？　見通しは良いし、探索よりもボスと戦うことだけが目的って感じ)

《はい。その通りです》

(でも、無理に戦う必要ないよね？　なんかあいつ、寝ているっぽいし)

前方に座っているやつを観察していると、時折、頭をガクッと下げては元に戻る動作を繰り返している。

どうも寝ているみたいだ。

だったら、距離を取りながら、そーっと階段まで行こう。

僕はそいつと一定の距離を保って、足音を立てないように歩く。大分遠回りになってしまうが、致し方ない。

ちょうどこっくりしているそいつの真横に差し掛かった時、声が聞こえた。

「おい、お主」

やつがいつの間にか立ち上がり、こちらを見ていた。いつ起きたんだ？

聞こえてきた声は、比較的若い男のものだ。

僕に話しかけているような気がするけど、ここがボス部屋なら、あいつはボスだ。

ボスとはまだ戦いたくない。無視しよう。

そう思い、僕は足早に通り抜けようとするが――

「おい、そこのお主だ！　聞こえているだろう⁉」

しまった、怒らせたか⁉

でも普通、知らない人に突然声をかけられたら無視するよね？

頭の中で自己弁護を終えた僕は、声の主に顔を向けて答える。

「あっ、僕のことですか？　なんでしょう？」

声の主はこちらに近づきながら言う。

「ふむ、喋るか。お主、見たところアンデッドか？　なぜこんなところにいるのだ？」

相手との距離が近くなり、姿が見えてきた。そして僕は驚いた。

羊っぽい人、とでも言うべきか、顔や手足は羊のそれだが、体つきは筋肉質な人型。仁王立《におうだ》ちする様《さま》は、屈強な戦士を思わせる。

素材は不明だが、金属製の軽鎧を身につけている。武器は持っていないようだ。

頭には非常に立派な角が二本生えているが、どちらも途中で折れてしまっている。

この人、もしかしてよく異世界モノに出てくる獣人だろうか？

意外だが、身長は僕より低い。なんとなく成人した獣人は体格が良いイメージがあるし、まだ子供なのかもしれない。

僕は、内心の驚きを微塵《みじん》も表に出さず、質問に答える。

「上の階から下りてきたら、たまたまこちらに来てしまっただけでして、お休みのところを邪魔してすみません！」

「お休み？　……ね、寝てはおらぬぞ!?　確かに休んではいたがな！　しかし、階段を下りてきただと？」

「はい、そうですが？」

「ふむ。我はこのピラミッド最上階を守る門番である。その我が気づかぬうちに最上階に上がったと申すか……？」

「いえ、上で生まれた感じですね。屍人《ゾンビ》に生まれて、最近、還魂者《レブナント》になりまして」

「なに、六階層で屍人《ゾンビ》？　あぁ、屍人騎士《ゾンビナイト》か。そして還魂者《レブナント》に進化したと。ほう、そのようなこともあるのか！　この百年の間でそういった例は一度もなかったが……」

百年？　この人何歳だよ!?　そんでずっとここで門番してるのか？

ちょっと社畜の素質あるな、僕みたいに。

何か勘違いしているっぽいけど、まぁいいや。適当に話を合わせよう。

「……へぇ、そうですか。珍しいんですかね？」

「そうだな。確か、還魂者《レブナント》自体が中位アンデッドでも強力な存在であり、数が少ないはず。我も初めて会ったよ。種族の進化もよくあることではない。それにお主、随分流暢《ずいぶんりゅうちょう》に言葉を話すな？　魔素もなかなかのもの。もしや『唯一《ユニーク》の存在』か？」

「唯一《ユニーク》の存在？　なんですか、それ？」

「魔物の中でも特別な個体のことだ。唯一《ユニーク》の存在は、ステータスやスキルなどが、通常の個体と全く別物で、強力なのだ。お主は知能も高いし、我と会話できていることからも、【言語理解】のスキルを持っているだろう？　上の魔物との戦闘でも勝ち残ってきたわけだ。普通ではなかろうよ」

「そうですか。確かに、普通ではないかもしれません。これからピラミッドの外に出て、ちょっと世界を冒険してみたいなー、なんて思いも持っているくらいでして……」

僕がそう言うと、羊さんが僅かに驚いた様子を見せた。

「何？　ピラミッドから出ていくだと？」

ピラミッドの最上階前の門番ってことは、結構偉い立ち位置の人だよな、きっと。魔物が黙って出ていったら怒るかもしれないし、一応断りを入れておこう。

「はい。まずいでしょうか？」

「……ふむ。いや、魔物はダンジョンで自動生成されるゆえ、数は足りている。出ていくのは問題ない。だが……」

だが？　まさか、出ていくなら俺を倒していけ的なやつか⁉

「だが、まだ生まれたばかりだろう？　ど、どうだ、我と少し話でもしていかぬか？」

……うん？　今までしてたけど……もっと話したいってことか？

あれか、よっぽど暇なのか？　そんなに人来そうにないしな。

でも、戦わなくてよさそうだし、なんかいい人そうだし、僕も話はしたい。

「あぁ、そうですね！　生まれたばかりで右も左も分からず困っていました。それはありがたい。

ぜひお願いします！」

僕がそう答えると、羊さんの顔が明るくなった。

「そうかそうか！　では……」

彼はどこからともなくコップとワインの瓶《びん》、何かは分からないが、焼いた骨つき肉を皿に出し、ドンッと床に置いてくれた。

「こんな物しかなくてすまないが、つまみながら話そうではないか！」

つまみが肉だけって、ワイルドだね。

でも、ちゃんとした食べ物と飲み物って、何日ぶりだろう。

しかもお酒まであって、贅沢《ぜいたく》！　この人、神だ。

しかし、さっき【収納】を使っていたよな。

(トト、【収納】って、結構みんな持っているスキルなのかな？)

《はい。【収納】を持っている人は少なくありません。ですが、【収納】のサイズと性能にはばらつきがあります。こちらの肉はまるで焼き立てのようですので、時間停止の機能がある【収納】だと思われます》

頭の中でトトとそんな会話をしながら、僕は羊さんにお礼を述べる。

「生まれてからまともな食事をしていなかったので、ありがたいです、いただきます！」

その場に座り、ワインで乾杯する。

口に含むと、まろやかな感じで飲みやすい。相当美味《うま》いんだろうけど、ワインの良《よ》し悪《あ》しはあまり分からないんだよねー。

つまみも頂こう。

骨つき肉の丸かじりって、漫画みたいで憧れていたけど、こんなところで体験できるとは思わなかった。

僕はガブッとかじりつく。

塩がガッつり効いていてしょっぱいけど……めちゃくちゃうまいぞ！　なんだこれ⁉

味は、脂《あぶら》が乗った白身魚みたいな感じだな。なのに、見た目も歯応えも肉だ。

普段食べないタイプの肉だから、牛とか鳥とかの動物の肉じゃない。

そういえば僕、アンデッドになったけど、味覚はあったんだな。良かった！

「この肉はなんの肉ですか？　とても美味《おい》しいですね」

「あぁ、この肉はなんだったか……そうだ、この前倒した砂漠の魔物ゆえ、砂漠鰐《デザートカイマン》か。なかなかでかいやつでな、剣を背中に突き立てようとしたら、剣が砕けおったわ！　わはははは っ！」

えー⁉　ツッコミどころが色々あるけど、この世界じゃそれが普通なのか？

まず、肉は魔物のもので、なんと鰐《わに》らしい。初めて食った。

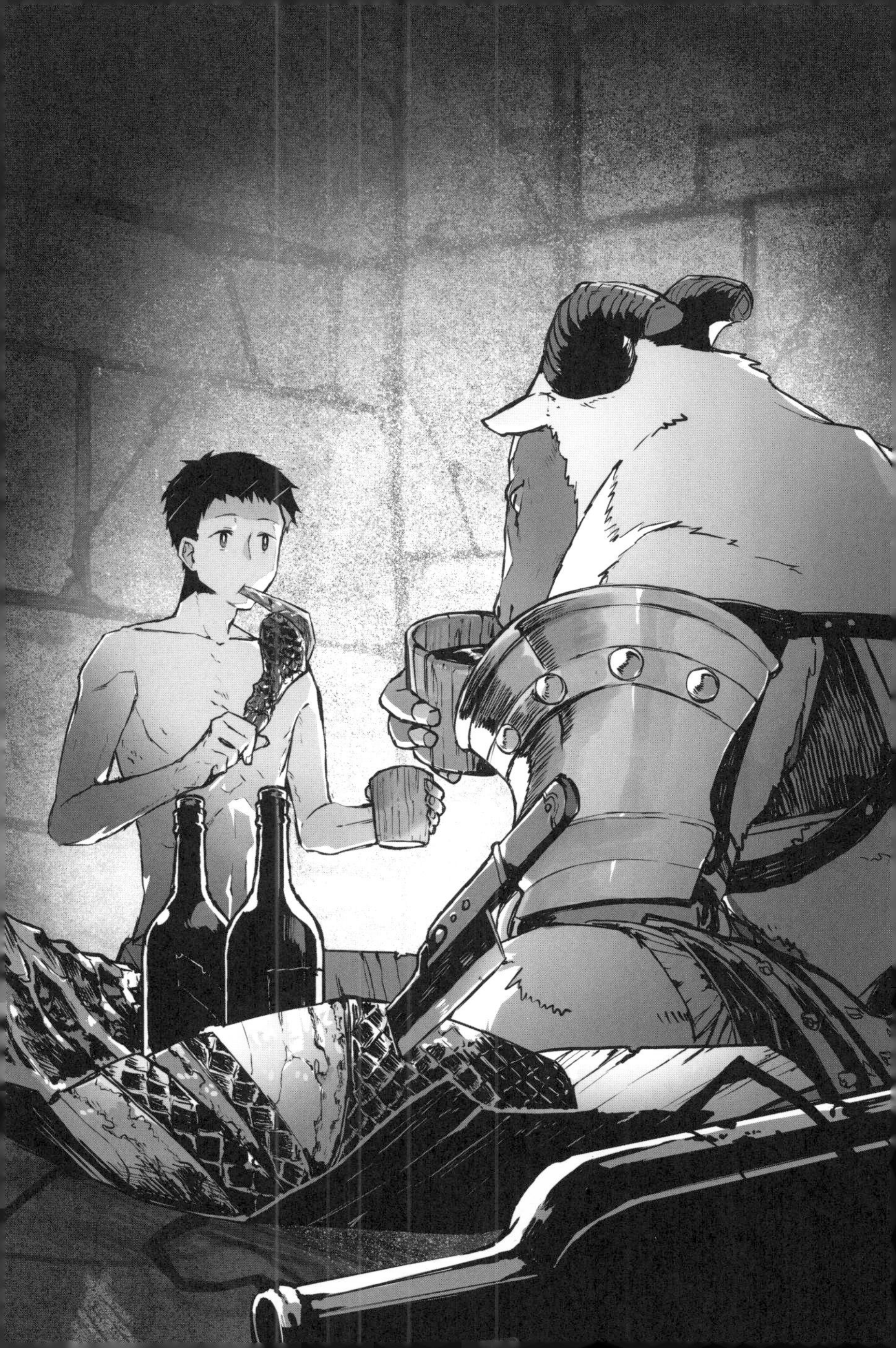

前にいた世界でも、鰐はこんなに美味かったのかな？

あと、剣が壊れるほど硬い魔物ってなんだよ……そしてそんな魔物をどうやって倒したんだろう、この人……怖くて聞けん……

僕も釣られて笑うが、若干顔が引きつってしまう。

「あ、あははは！　そうですか。またいつか食べたいと思ったんですが、なかなか機会がなさそうだなぁ」

「むっ、そうか？　この前のようなでかいのはあまりいないだろうが、もう少し小さいのなら、ピラミッドの周りにごろごろいるぞ？　そんなに気に入ったのなら、いくつか持っていくがいい！　まだまだ山ほどあって、我も食べきれんからな。わはははは！」

なんか、凄く豪快《ごうかい》だ。

「ありがとうございます！」

「うむ……時にお主、その話し方はやめてくれぬか？」

「は、話し方ですか!?」

「我とお主の間に上下関係はないのだ。もっと普通に話してくれると、我も話しやすいのだがな……」

あっ、この敬語のことか。

トトにも言われたし、また同じことをしちゃったな。

もっとフランクにした方がいいんだな。文化が違うんだろう。郷《ごう》に入《い》っては郷に従えだ。今後は、気をつけよう。

「すみません——いや、すまない。僕もこっちの方が楽だ！　ありがとう！」

「おぉ、その調子で頼むぞ！　そうだ、自己紹介がまだだったな。我の名はハムモンという。お主、名はあるか？」

ハムモンって、かわいい名前だ。意外に小柄だけど筋肉はムキムキで、エピソードや人柄は豪快。かっこかわいい、そんな感じの人だな。

……で、僕の名前か。前世での名前は影山人志だけど、それをそのまま伝えていいものだろうか。まだこの世界のことは何も知らないから、異世界からの転生者だと知られていいのかどうかも分からない。

念の為別の名を名乗ろう。ちょっと適当だけど、人＝ジンにするか。

「ジンだ。よろしくな」

「ジンか、良い名だ。こちらこそよろしく頼む。してジン、何か聞きたいことはあるかな？」

「そうだな、このピラミッドや周辺のことについて、教えてもらえるか？」

「うむ、よかろう！　ではまずピラミッドからだが……」

そう言うと、ハムモンは楽しそうに色々と話をしてくれた。

要点をまとめると、このピラミッドは砂漠地帯にあって、百年以上前にこの地域一帯を支配していた魔王が埋葬された、巨大な墳墓《ふんぼ》らしい。

今やピラミッドはアンデッドが巣くうダンジョンと化しており、ハムモンは墓守《はかもり》として最上階に上ろうとする不届き者を排除している。

この辺りには墓ができる前、砂漠地帯のオアシスを囲むように、魔王やその国の民が住む巨大な都市が形成されていたそうだ。

魔王が倒れると少しずつ人が離れていき、都市は廃《すた》れ、もはや見る影もなくなった。ハムモンも以前はその都市に住んでいたとのこと。

この大墳墓は、そんな都市から離れた砂漠地帯南部の一画に建立《こんりゅう》された。

ハムモンはたまにピラミッドを離れて狩りをすることもあるそうだ。

そのついでに都市があった場所へ行き、昔自宅の地下に作ったワインセラーから、百年もののワインを取ってきては、この部屋で晩酌《ばんしゃく》するのを楽しみにしているんだとか。

百年もののワインなんて、かなり高価なんじゃないかと思ったけど、彼は「まだまだたくさんあるから気にするな」と笑う。

自分のワインセラーを持っているって、お金持ちっぽいし、よほど酒好きなんだろうなぁ。

「それでジンよ、世界を冒険したいと言っていたが、ピラミッドを出てからどうするつもりだったのだ？」

ハムモンが今後について聞いてきた。

「いやぁ、全くノープランで……アンデッドということもあって、体だけは丈夫だから、色々と歩き回って情報収集しようと思ってた」

「むぅ、生まれたてで事情は知らぬだろうが、この辺りはほとんど人が住む場所はないぞ。都市も今やただの廃墟で、会えるとすれば盗掘者のみよ」

「そっか、情報収集は無理かぁ……せっかくだから冒険してみたいんだけど、おすすめとかある？」

ダメ元で聞いてみた。

ハムモンは少し考え込んでから答える。

「ふむ。この大陸の北と西は海に面していて、その先には何もない。おそらく、行ってもつまらぬだろう。行くとしたら東か南だな。東の大陸とは海で隔てられているが、船で渡ることができる。比較的人族が多い大陸だ……ただ、アンデッドが歩いていたら、魔物と思われて討伐されかねんな。南の大陸は地続きで、陸から渡ることができるぞ。そこから中央部にかけて樹海が占めておる。まぁ、未開の地だな。ただ、このピラミッドからだと一番近いだろう」

「おぉ、未開の地って、良い響きだな！」

「……そうだな。どこぞの国が領有しているわけではないから、人に討伐されることはなかろう。珍しいものやダンジョンなどもあるだろうな。だが……」

ハムモンが何か言いかけているが、僕の心は決まった。

僕だって元は人間だったわけだし、さすがに人と敵対するのは辛いよ、きっと。あと戦いたくないぞ。

「東は人と敵対しちゃうかもしれないんだよね？　それはちょっと無理だわ。よし、南に決めた！」

樹海ってつまり、でかい森だ。日中でも日陰はあるだろう。

アンデッドといったら日光に弱いイメージがあるけど、そんな僕でも動けそうだ。

森なら食べ物とかも豊富にあるだろうから、なんとか生活の拠点を作って、そこから色々探索してみよう。

「――ふむ。であれば言うことなし、か」

そんな会話をしていると、トトが呼びかけてきた。

《マスター。お話中、申し訳ありません。この方に、擬態魔《ミミック》が使っていた【物理障壁《フォースバリア》】【魔法障壁《マジックバリア》】【身体強化】のスキルが使えるか、聞いてみていただけないでしょうか？》

(ああ、いいけど、トトは仕事熱心だなぁ。さっきのことは全然気にしなくていいのに)

ハムモンにスキルについて聞いてみると、三つ全て使えるとのこと。

「なんだ、そのスキルを覚えたいのか？」

「あぁ、結構便利そうなスキルだったからな」

「そうだな。樹海に行くならあって困ることはあるまい。よし、この我が伝授しようではないか！ただ、身につけられるかどうかは、お主次第だがな！」

「おぉ！　よろしく頼む！」

あっさり了承してくれた。やっぱり神だ、この人。

「まずは【物理障壁《フォースバリア》】だが……」

ハムモンは、スキルを実演して、発動の仕方や習得方法まで、丁寧にレクチャーしてくれた。それをまとめるとこんな感じだ。


～ハムモンのスキル習得講座～

【物理障壁《フォースバリア》】
・スキルの解説：物理攻撃を防ぐ魔力の膜で体を覆う。
・習得方法：初めは、あらゆる攻撃を防ぐつもりで、魔力の壁を作り、相手から物理攻撃を受ける。受けたダメージの感覚を記憶して、それだけを防げるように調整していく。
最後に、壁を膜のようにして体を覆う。
魔力の壁は、魔力があれば誰でも出せる。調整はやって覚えろ。

【魔法障壁《マジックバリア》】
・スキルの解説：魔法攻撃を防ぐ魔力の膜で体を覆う。
・習得方法：【物理障壁《フォースバリア》】とほとんど同じ要領で、魔法攻撃を防ぐ。

【身体強化】
・スキルの解説：魔力で筋細胞を活性化させ、一時的に身体能力を上げる。
・習得方法：基本的に、魔力を体に通すと自動的に細胞が活性化する。その魔力を筋肉に集中させるのがポイント。初めは足の筋肉からはじめるといい。歩行中に使うと速く歩けるようになるなど、効果が分かりやすい。
先に部分的な【身体強化】を習得し、いずれは全身を強化できるようにしていく。

「まぁ、こんなものだ！　お主なら、練習すればすぐに使えるようになるだろう」

「ありがとう！　頑張るよ！」

「うむ！　いやぁ、久し振りに楽しい時間を過ごせた！　だが、これ以上引き留めるのは無粋《ぶすい》というもの。そろそろ行くがよい。これは餞別《せんべつ》だ、【収納】スキルは持っているのだろう？」

そう言うとハムモンは、麻布《あさぬの》に包んだ骨付き肉と、ワイン瓶五本を【収納】から取り出し、僕に渡してくれた。

このままもらってばかりでは申し訳ない。お返しできるものには何があったか。

真銀《ミスリル》の剣は一本しかないし、自分の身を守るためにも必要だろう。戦士っぽいから、杖は多分使わないよね。

鋼鉄の剣は、屍人騎士《ゾンビナイト》を狩って手元に六本ある。あとは完全回復薬《フルポーション》か。

「僕からは大したものをお返しできないんだけど、この剣と回復薬《ポーション》を貰ってくれないか？　これで足りるとは思ってない。また会ったら、改めてお礼をさせてくれ！」

「ふっ、そんなものが欲しくてお主と話をしたわけではないわ。とはいえ、断るのも礼を失するというもの。ありがたく受け取ろう！」

了承してもらえたので、僕は剣と回復薬《ポーション》を渡す。

「剣が一、二、三……六本!?　こんなに使わんぞ！」

「ハムモンはきっとまた無茶して壊すんじゃない？　だから持っといてくれ！」

「んっ？　わはははは！　そうだな、そうかもしれん！」

「あははは！　……じゃあ行くよ。色々教えてくれてありがとう！」

「ふむ。さらばだ、ジン！　また会おう！」

「あぁ、また会おう！」

ハムモンとしっかり握手を交わして別れ、下層への入り口へ向かう。

この世界には、こんなに豪快で気の良い人がいるのか。食事でもてなしてくれたし、話も面白くて役に立つものばかり。スキルも教えてくれて、最後に餞別まで。

ハムモン、いやハム神様には足を向けて寝られないぞ！

ハム神様との出会いに心から感謝しながら、僕は階段を下りたのだった。

◆

第四階層へ向かう還魂者《レブナント》の背中を、羊の獣人はその姿が消えるまで見送っていた。

少し前まで、久しぶりに楽しく、心が明るくなるような時間を過ごした彼は、いつになく上機嫌だった。

その獣人――ハムモンは思う。

（ジン、か。なんだか捉えどころのない、変わったやつだな。妙に礼儀正しくて落ち着きがあり、話をよく聞く男だった。こちらも夢中になって、余計なことまで話してしまったわ）

先ほどまで目に映っていた、ジンという還魂者《レブナント》のことを考える。

（しかし、還魂者《レブナント》など、初めて会ったたな。見た目は普通の人間――普人《ふじん》のようだが、顔色が青白く、瞳が赤い。かなり強力な種族であるし、ジンが唯一《ユニーク》の存在なのは間違いなかろう。それに、生まれたばかりなのに『名前付き《ネームド》』とは。誰が名を付けたのか。自分で名乗っているだけか？　不思議なものだ）

彼は、ジンから受け取ったアイテムを見て呟く。

（この回復薬《ポーション》の色、完全回復薬《フルポーション》ではないか？　随分前に都市を探し回ったが見つからなかったものだ。もっとも、都市は廃れて久しいから、当然と言えば当然か。我の角が折れているのを見てこれを寄越《よこ》したのか？　気が利くやつだ。この回復薬《ポーション》を飲めば我の角は治り、元の姿に戻れるであろう。だが、この小さい体も長い付き合いで気に入っている。いずれ気が向いたら使わせてもらうとしよう）

礼にしては大きすぎるぞ、とハムモンは苦笑する。

そして、ふと彼は昔の仲間との約束を思い出した。

（そういえば、このピラミッドに何か異変が起きたら、小さいことでもいいから連絡しろと言われていたな。しかしまぁ、我らが百年来の宿願に比べたら、ジンのことは大事ではあるまい。やつにはそのうち、この愉快な出来事を伝えてやるとするか）

フンッと鼻を鳴らすと、ハムモンは、墓守としての仕事に戻っていった。

◆

第四階層への階段を下りながら、僕はさっきハムモンに教わった【身体強化】の習得方法を思い出していた。歩いている時に使ってみると分かりやすいらしい。

「魔力を身体に流すって、どんな感じだろう？　やったことがないな。今まで魔法を使う時は、指を鳴らすタイミングで魔力を外に送っていたけど、それを自分の体に向けてやればいいのかな？」

一旦立ち止まり、足に向けて魔力を送ってみる。

「おっ、足に力が漲《みなぎ》るような感覚だ！　足の筋肉だけとはいかないけど、上手く流れているかも」

まずは階段をゆっくり下りてみる。

しかし、ゆっくり動くつもりで力を加減しているのだが、とても足が軽くて、意図せずグングン進んでしまう。

むしろ上半身が置いていかれて、体がのけぞっている。

腹筋に力を入れてこらえるが、体勢を戻すことができない。腰から上だけ別の体のようで、力を抜くと上半身が飛んでいってしまいそうだ。

「怖すぎる！　これって、階段で試しちゃだめなやつだ！」

そういえばハムモンは、歩行中に試すのをおすすめしていたのであって、階段の途中で試せとは言っていなかった。

「こうなったら、上半身も強化しよう！」

急いで上半身にも魔力を流し、なんとか普通の体勢に戻ることに成功した。

そんなことをしていたら、いつの間にか階段を下り切り、第四階層のフロアに到達していた。

このフロアには、明かりがないらしい。

だが、僕は【暗視】を持っているから、まるで昼間のようにはっきりと周りが見える。

かなり広い。

ピラミッドだけあって、下に行くほどフロアが広くなっていくみたいだ。

そして、異様なことに、このフロアは迷路と言うよりも、屋外フィールドのような雰囲気だ。

足元を見ると、やや紫がかった黒色のぬかるんだ土が異臭を放っていた。

【鑑定】すると、毒を含んでいるのが分かった。

ピラミッドの中に土があるって、不思議だ。

どこから持ってきたんだろうとか、考えちゃダメだよな。さすがダンジョンって感じだ。

毒は僕には効果がなさそうなので、あまり気にせずに階段を探せそうだ。

「さっきは焦ったけど、魔力を全身に流すことはなんとかできた。次は魔力を筋肉だけに集中させる訓練をやってみるか」

人体の筋肉の構造には詳しくないが、なんとなくは分かる。おぼろげな記憶を元に、太ももとふくらはぎに魔力を流し、【身体強化】の練習を続ける。

そして、フロアの探索もスタートする。

どっちに進めばいいか分からないから、まずはまっすぐ進んでみることにした。筋肉が活性化されているおかげか、足が羽のように、軽い。

「あっ、ちなみにトトはこの階の情報って持っていたりするの？」

《はい。この階は、歩くだけで毒に犯される沼地のフロアです。敵は実体のないアンデットが出現します》

「なるほど。ありがたいよ。ちなみに宝箱とか、下層に行く階段の場所も分かるの？」

《いいえ、申し訳ありません。詳細な情報を持っているのは最上階のみです。また、すでに【初期指導《チュートリアル》】としての機能は最上階を出た段階でほぼ終えており、現在はヘルプ機能がメインに動いています。ヘルプは、ご質問を受けた場合、攻略に役立つ情報をお伝えする機能です》

「そうだったのか……ハムモンの情報もないんだよね、きっと？」

《はい。個人の情報も持っておりません。ジン様がアンデッドだったからか、ハムモン様との戦闘もなく、なんのお役にも立てませんでした》

「いやいや、戦闘はしたくないからね!? っていうか、スキルについての質問ができたのはトトのおかげだし、凄く助かったよ！」

トトは相変わらずだなぁ。

歩きながら周囲を見渡すと、枯《か》れ果《は》てた木々や、その木の周囲に生《は》える赤紫色のキノコ、誰のものか分からない割れた墓石などが土に埋まっているのが分かる。

そして前方を見ると、木々や墓石がない開けた一帯が目に入った。その中央には宝箱のようなものが置かれている。

なんだろう？ と見ていると、突然僕の視界の上方から、ゆっくりと穏やかな青い光を放つ球体が降りてくる。

一つだけかと思いきや、開けた一帯のあちこちに、光るオーブのようなものが降りてきていた。

その光景はとても神秘的だった。

オーブには個性があって、大きいものや小さいもの、光が強いものや弱いものなど様々だ。

それらは浮遊する高さもまちまちで、意思を持っているかのように、ふわふわと飛び回りはじめた。

「綺麗だな。なんだろう、これ？　……もしや、妖精とか!?」

《いえ。これは鬼火《ウィル・オ・ウィスプ》です。テリトリーに近づいた生物を罠にかけ、命を奪おうとする中位アンデッドです》

トトに警告されて慌《あわ》てて【鑑定】したら、確かにそうなってる……

「癒《いや》しスポットかと思って完全に気を抜いていたわ。ということは、あの開けた一帯に罠があるのかな？」

《はい。【罠検知】で確認することが可能です》

「あっ、使うのを忘れてた。【罠検知】発動！」

その一帯のほぼ全域が赤く光った。【罠検知】のレベルが上がったおかげで、どういう罠かも理解できた。

入ると身動きできなくなる沼か。

「あっ、なんかぴょんぴょんして、かわいい動きのやつがいる！　……くっ、僕を誘惑して罠に嵌めようという作戦か。危《あや》うく騙《だま》されるところだったぞ！」

《いえ、餌《えさ》が来たと喜んでいます。ジン様の方が上位の存在であると分かっていない愚か者です。さっさと倒してしまいましょう》

「……トト、好戦的だな。綺麗だし僕的にはあまり戦いたくないけど、突然全員で襲いかかってこられたら、さすがにヤバそうだ。倒しておいた方が安全か」

どうやら、鬼火《ウィル・オ・ウィスプ》達は僕の様子を窺っているようだ。

まずは手前のやつを攻撃してみることにする。

火には水属性が効くだろうと考え、二本の【大氷柱《アイシクル》】をイメージする。指を弾くパチンという音とともにそれらが出現し、敵に襲いかかる。

鬼火《ウィル・オ・ウィスプ》には実体がなさそうだが、光の中心部に氷柱がしっかり突き刺さり、消滅した。

それに気づいた付近の鬼火《ウィル・オ・ウィスプ》達は動きを止め、一斉にパチッ、パチッ、という音を鳴らしはじめた。

そして【烈火球《バーストファイア》】と思われる赤い炎の球がその周囲に生じ、一斉に僕へと向かってくる。

「うわっ！　一体ずつ倒すのは、むしろ悪手《あくしゅ》だったか！」

焦って後ろに避けようと地面を蹴ると、思っていたよりもずっと後方に飛んでしまった。

「【身体強化】のせいか⁉」

助走なしで五メートルは飛んでいると思う。

敵の攻撃を避けられたのは良いが、いきなりこれは心臓に悪い。あと、また階段の時のように上半身がついてこなくて、腰の辺りが痛い。

面倒なので、全身の筋肉に魔力を流しておく。

だいぶ敵から離れたが、先ほど攻撃を仕掛けてきたやつらが、ゆっくりと追いかけてきている。

でも、他の敵と分断できたから、結果オーライだ。

接近してきているのは全部で十体。僕は二度指を弾き、それぞれ十本の【大氷柱《アイシクル》】を射出した。

時間差で生まれた氷柱が鬼火《ウィル・オ・ウィスプ》達を襲う。

後の十本は保険だったが、氷柱は一本も外れることなく、全ての敵に二本ずつ突き刺さった。

鬼火《ウィル・オ・ウィスプ》達は消滅し、魔素が僕に吸収される。

「よし、完璧。あとのやつらはできるだけ剣で倒すか。【身体強化】の練習がしたいし」

【収納】から剣を取り出し、僕は走りながら開けた一帯へと向かう。

走り出してすぐに、自分が凄《すさ》まじい速度で移動していることに気づく。

まずは罠の周辺を漂《ただよ》う鬼火《ウィル・オ・ウィスプ》から片付けることにする。

最初に向かった相手は、地面から三メートルくらいの高さを漂っている。僕はその敵に向かって全力で跳躍《ちょうやく》し、上段から剣を振り下ろした。

ほぼ手応えはなかったが、剣は敵を真っ二つに切り裂いた。

「よし、倒せた！　【身体強化】楽しいわー！」

すると、辺りに漂っていた全ての鬼火《ウィル・オ・ウィスプ》が動きを止め、パチッ、パチッ、という音を鳴らしはじめた。

また魔法が来るか!?

案の定、複数の炎の球がこちらに飛んでくるが、僕はこれを後方に跳んで難なくかわす。

さらに、飛んでくる炎も縦横無尽《じゅうおうむじん》に動いて回避し続ける。

敵が全て罠から離れたのを確認した僕は、高く飛ぶ敵には跳躍して斬りかかり、低空にいる敵には一気に迫って横一閃《よこいっせん》で切る――これを何度も何度も繰り返した。

全ての敵が消えた時、あの声が聞こえた。

〔【身体強化Lv2】を習得しました〕

キター！　既に使えていた気がするけど、スキルを習得すると、発動するための手順や方法を意識する必要がなくなるから楽だ。

キーボードのブラインドタッチのように、体が覚える感じかな。

「さて、さっき見つけた、身動きできなくなる沼の罠の中心にある宝箱を開けてみるか！」

罠のギリギリ近くまで寄り、中心に向かってジャンプすると、余裕で宝箱まで届いた。

【身体強化】が便利すぎる。

そして早速開けてみると……中身は液体が入った瓶だった。

しかし、完全回復薬《フルポーション》とは少し色が違う。あれは黄金色だったけど、今手に入れた瓶の中身は黄色に近い感じだ。【鑑定】するとこのように出た。

〔上級回復薬《ハイポーション》。体力や身体の傷をほぼ完全に回復する〕

僕はアンデッドだから使えないみたいだけど、誰かにあげたりはできるから、とりあえず【収納】しておくか。

そこからまたジャンプして罠を飛び越え、探索を再開した。

どんどん先へ進んでいくと、ついに壁に突き当たった。

もう部屋の端《はし》まで来てしまったらしい。壁を調べても何もない。残念ながら無駄足《むだあし》だったようだ。

一旦、元来た道を戻ろうと思った時、壁の下の方に空いた穴から、何か素早い生き物が出てきた。

ネズミだ。

《マスター。ネズミには【使役】を使うことができます》

「そうだった。ネズミは色んな所を歩き回っていそうだから、第三階層への階段の場所が分かるかもね。よし、【使役】！」

トトのアドバイスに従って、僕はスキルを発動した。

ネズミはすぐに反応し、こちらを向く。

《マスターの指示を待っています。【使役】に応じるようです》

「待ってくれてるんだ。下の階への階段を探しているんだけど、知っているかな？」

声に出して聞くと、そのネズミが「キキィ！」と鳴いた。同時に、僕からネズミへと微量の魔素が流れた。

《今行われた魔素の譲渡で、契約が成立しました》

「先払いなんだね。じゃあ、よろしく！」

僕がそう言うと、ネズミはまた元気よく「キキィ！」と返事をし、壁沿いを左方向へ走りはじめた。僕はその後を追っていく。

ふと、このネズミがどんな種類なのか気になって、【鑑定】してみた。

結果は、〔種族：屍鼠《ゾンビラット》〕とのこと。

このネズミも屍人《ゾンビ》かぁ……そういえば、目が赤いのもそれっぽいよな。

屍人《ゾンビ》というだけで少し怖い感じがするのは僕だけではあるまい。屍人《ゾンビ》に噛《か》まれたら屍人《ゾンビ》化するのは常識だし、突然襲ってきそうで嫌だ。

まぁ、今は自分もそっち寄りの存在になっちゃっているから、怖がるところじゃないんだろうけど……

そんなことを考えていると、ネズミが足を止めた。

もう着いたのかと思って顔を前方に向けると、宙に浮いている何かが目に入った。

その何かは、濃紫色のローブを身にまとい、フードを深く被っている。

そしてフードの中では二つの目が真っ赤に光り、こちらを凝視《ぎょうし》しているようだった。

「――っ⁉」

びっくりして大声で叫びそうになるが、なんとかこらえる。

「トト、なんか浮いてるぞ！」

《はい。この魔物は死霊《レイス》という中位アンデッドです。音もなく近づいてくる暗殺者で、魔法を多用してきますので、【魔法障壁《マジックバリア》】の訓練にいかがでしょうか？》

「こんな時に訓練を勧めてくるとは、さすがトト……なんて言ってる隙に、魔法使おうとしているぞ、こいつ！」

死霊《レイス》はボソボソと何か呟き、手に持っている杖をこちらに向ける。その直後、杖の先端から大きな氷柱が連続で撃ち出された。

「ほう。ああいう発動の仕方もできるのか。一旦それは置いといて、僕の【魔法障壁《マジックバリア》】で止めてやる！　来いや！」

とにかくたくさん魔力を使うことで、五十センチ四方の盾のようなものはすんなり作れた。

それを正面に構えて、迫り来る魔法の防御を試みる。

連続して発射された氷の矢が、その盾に次々と突き刺さる。

盾はもう少し硬いかと思っていたが、意外に脆《もろ》い。今はなんとかなっているものの、一箇所に集中して攻撃を受けたら盾の崩壊は必至だ。

ただ、魔法のダメージは感じ取れたから、次からこれに特化して防いでいけばいいわけだ。

次はこっちの番だ。アンデッドの弱点といえば火だ。

僕は盾を維持したまま、魔法を唱える。

「【烈火球《バーストファイア》】！」

直後、頭上に生まれた大きな焔《ほむら》の球が敵に向けて飛翔する。

死霊《レイス》は体に纏った【魔法障壁《マジックバリア》】で焔の球を防いだ。しかし、少しずつその障壁にひびが入る。僕はその機を逃さず、もう一度同じ魔法を放つ。

「【烈火球《バーストファイア》】！」

二発目の焔の球がぶつかると、死霊《レイス》の【魔法障壁《マジックバリア》】はついに耐えきれなくなって崩壊し、敵は一気に焔に呑み込まれた。

「ギャアアアア‼」

断末魔《だんまつま》の叫びの後、死霊《レイス》は消滅し魔素が僕に流れ込んできた。

敵が消滅した場所にはローブが落ちていた。どうやらドロップ品のようだ。【鑑定】してみるとこの通りだった。

〈死霊《しりょう》のローブ。知力＋１５。特殊効果：フードを深く被ると相手に顔が見えなくなる〉

「今の服装はボロ布で要所要所を隠しているだけだから、これはありがたいな。臭くもしないし、着ておこう」

僕はありがたくそのローブを身につける。ネズミは、僕の後ろに隠れて戦闘を見ていたが、終わるとすぐにまた走り始めた。

僕は少し遅れてその後を追う。

しばらく走ると、ついに四角い穴が前方に見えてきた。多分下階層への入り口だ。しかし、簡単に下りさせてはもらえないらしい。

またしても死霊《レイス》が行く手を阻《はば》んだ。

僕はすぐに、前方の敵からの攻撃を防ぐために魔力の盾を作り出す。

しかし、なぜか自分の左側と後方からも、何かをボソボソ呟く声が聞こえてくる。その声が死霊《レイス》のものなのは、見なくても分かる。

「嘘《うそ》だろ！　いつの間に!?」

このまま戦えば、ネズミがヤバそうだ。

僕はネズミに少し魔素を渡し、もういいよと手を振って合図を送った。渡した魔素はチップくらいの気持ちだ。危険な目に遭わせちゃったからね。

ネズミは僕の合図に気づき、「キィ！」と鳴くと、壁際を全速力で駆け抜けていった。賢いネズミだ。

死霊《レイス》達は既に詠唱を終わらせていて、それぞれ【旋風刃《ウォルウィンド》】と【大氷柱《アイシクル》】を放ってくる。

盾は一つしかないが……どうする？　たとえ二つ作ったとしても、【旋風刃《ウォルウィンド》】はガードできるのか分からない。

やはり体を魔力で覆うしかないか。

【魔法障壁《マジックバリア》】はさっき死霊《レイス》が使っていたし、以前擬態魔《ミミック》やハムモンが使っているのも見たから、どういうものかよく分かっている。できるはずだ。

ぶっつけ本番だが、全身を魔力で覆ってみる。かなり魔力を消費している気がする。

僕は【旋風刃《ウォルウィンド》】と【大氷柱《アイシクル》】を避けずに受けた。

全身を覆う障壁は切り裂かれたり穴が空いたりしたが、僕の体にダメージはなかったようだ。耐性があるからだろう。

しかし、こんなに魔力を使うのに、この程度しか防げないようでは燃費が悪すぎる。

「魔法のダメージは感覚的に分かってきたから、障壁を改善しながら戦うか」

今度は詠唱を終えた前方の死霊《レイス》が、杖から黒いサッカーボール大の球を僕に向けて放ってきた。

「トト、あの魔法って何？」

《はい。あれは【重力球《グラビティボール》】です。あの中は重力場となっており、生身で入ると体が歪みます》

「ヤバいね、それ……【魔法障壁《マジックバリア》】で防げるのかな？」

《はい。【魔法障壁《マジックバリア》】は魔法によるダメージに対して万能に働くので、問題ありません》

「そっか。じゃあこっちも攻撃を準備しつつ、受けてみよう」

僕は【烈火球《バーストファイア》】をイメージして指を二回鳴らし、前方の死霊《レイス》を攻撃する。

火の玉と行き違いに、黒い球が周囲の景色を歪ませながらこちらに飛んでくる。

【重力球《グラビティボール》】がぶつかると、障壁は一気にぐにゃっと歪む。しかし、破壊されることはなく、なんとか魔法を防ぐことができた。

一方、僕の【烈火球《バーストファイア》】は敵に命中し、前方の死霊《レイス》は消滅した。

魔素が流れ込んでくる。

次は左側の死霊《レイス》だと狙いを切り替えようとしたその時――僕の左肩に、トンッと手が乗せられた。

振り向くと、息遣いが聞こえそうなほど至近距離に、死霊《レイス》が迫っていた。

「うわぁ!?」

びっくりしすぎて叫んでしまったが、何かされた形跡はない。肩に優しく手を置かれているだけ？

死霊《レイス》の方はといえば、ちょっと首を傾《かし》げてこちらを見ている。

いや、どういう状況!?

す》

《死霊《レイス》が【生命吸収《ドレインタッチ》】を使っていると思われます。しかし、アンデッドに【生命吸収《ドレインタッチ》】は無効です》

「こいつら、僕がアンデッドだと気づいてないのか。なんかちょっと嬉《うれ》しいような気もするけど、今が倒すチャンスだ！」

僕は真銀《ミスリル》の剣を【収納】から取り出し、体を捻《ひね》りながら一閃。さらに背後に接近していたもう一体も、上段斬りで倒した。

真銀《ミスリル》の剣は聖属性なだけあって、アンデッドはほぼ一撃だ。ありがたやありがたや。

全ての敵を始末すると、例の声が聞こえた。

〔【魔法障壁《マジックバリア》Lv２】を習得しました〕

「キター！」

死霊《レイス》を倒した場所にアイテムが落ちている。

ローブと杖が一つずつだ。ローブは死霊のローブで、杖の方はなんだろう。濃紫色をした木製の杖だ。

【鑑定】すると、〔死霊《しりょう》の杖《つえ》。知力＋３０〕とのこと。死霊シリーズか。そんなにコンプリートしたくない。

どちらのアイテムも【収納】に入れた。

さぁ、この階層ともおさらばだ――と思い、下の階層への入り口に近づくと、いつの間に集まったのか、ネズミがたくさん並んでいた。

中心にいるのは、先ほど案内をお願いしたネズミだと思うけど、なんか凄くでかくなっている⁉

「貴殿にお願いがございます」

突然、そんな声が聞こえた。

しかし、周りを見渡しても、人はいない。

「……うん？　貴殿って僕のこと？　誰の声だろう、誰もいないけど」

僕がキョロキョロしていると――

「今の声は私です。貴殿のおかげで種族進化した屍鬼鼠《グールラット》でございます」

目の前の大きなネズミがそう言った。

「え？」

（……このネズミ、本当に喋っている。口が動いて違和感が凄い。あと、やけにでかいし、屍人《ゾンビ》だしで、見た目が怖すぎ……いや、屍人《ゾンビ》じゃなくて、屍人鬼《グール》って言っていたかな？）

《マスターから受け取った魔素で、屍人《ゾンビ》から屍人鬼《グール》に進化した模様です。この進化はアンデッドの系譜《けいふ》から見ると一般的です。なお、屍人鬼《グール》は中位アンデッドで、このフロアに出現する魔物と同等の強さです》

（おお、じゃあ結構強そう。でも襲われたらヤバい⁉）

僕はだいぶ動揺しつつも、なんとかネズミに返事をする。

「あっ進化したんですね――いや、進化したんだね、おめでとう！　それで、お願いって何かな？」

「はっ。こちらの者達も【使役】していただき、対価として魔素を頂戴したいのです。どんな御用でもお聞きいたします」

皆さん頭を下げていらっしゃるように見える……かなり知能が高いな。

それであれか、この大きいネズミみたいに、他の皆さんも進化したいって感じかな？

屍鼠《ゾンビラット》は下位アンデッドだから、きっとこのピラミッドで、自力で生き延びて強くなるのは難しいんだろう。

（【使役】か……でも、彼らに手伝ってもらえることって、何かあったかな？　もう、下の階層への階段も目の前だし、十分っちゃあ十分なんだよね……）

《マスターはまだこちらに来てから休憩を取られておりません。アンデッドのため、肉体的な疲労はありませんが、精神的な疲労は蓄積しているはずです。そこで、彼らに休憩が取れるスペースを探してもらうのはいかがでしょう？》

迷っていると、トトがそんな提案をしてくれた。

（疲労か……全然気づかなかったな。じゃあそうしよう）

《はい。また、このフロアではほぼ寄り道をしていませんので、まだ宝箱が存在するのではないでしょうか。それを見つけてもらうのも良いかと思います》

（さすがトト。それもいただきだ。トトはもはやガイド機能を超えた存在だよ！）

《ありがとうございます》

　僕は改めてネズミ達に要求を伝える。

「じゃあ、僕のような魔物が休憩できそうなスペースと、このフロアでまだ開いてない宝箱を見つけてもらえるかな？　あっ、罠とかには気をつけてね！」

「はっ！　お安い御用です！」

　大ネズミがそう言うのに合わせて、他のネズミ達が「キキィ！」と鳴く。すると僕の体から、魔素がネズミ達に流れた。

　彼らはすぐにいくつかのチームに分かれて探索を開始した。

　大ネズミは指示を出す役割らしく、ここに残って何やら話している。テレパシーか何かで会話しているのかな？

　こやつら……ネズミなのに知能が高すぎる！

　ちょっと待つだろうから、さっき見た【重力球《グラビティボール》】の練習なんかをしていたら、大ネズミが凄い速さでどこかに駆け出した。

大丈夫だろうか？

まあ、お安い御用って言ってたし、待ってみよう。

ちなみに【重力球《グラビティボール》】は、練習したらすぐに発動できた。

闇属性の魔法で、当たれば凄い威力が出そうだが、ちょっと飛んでいくスピードが遅いから、使い所が難しそうだなぁ。


そうこうしているうちに大ネズミが帰ってきた。宝箱を咥《くわ》えている。彼はその宝箱を僕の前に置いて言う。

「こちら、一つ目の宝箱にございます」

「え？　あ、ありがとう。まだ十分ぐらいしか経ってないけど、随分早いね？」

「はっ。元々我々は、このフロアの構造や宝箱の配置は熟知しておりますゆえ、当然かと」

「なるほどね。じゃあ早速開けてみようかな」

いつの間にか、大ネズミはまたどこかに飛んでいってしまった。

宝箱を開けてみると、中には液体が入った瓶が置かれていて、液体は紫っぽい色だ。

これ毒じゃないか？

警戒しながら【鑑定】すると、このような結果が出た。

〔上級万能薬《ハイパナセア》。あらゆる病や状態異常を治療する〕

毒なんて言ってすみません……結構良い感じのアイテムだね。

【収納】っと。

少しすると、大ネズミがまた戻ってきて、僕に話しかける。

「お休みになれるスペースを見つけましたので、早速ご案内できますが、いかがでしょう？」

「お願いします！」

連れて行ってもらう道すがら、僕は大ネズミに質問する。

「あなたは名前とかあったりするんですか？」

「いえ。名前はございません。偉大なアンデッドである貴方様は、名前をお持ちなのでしょうか？」

「偉大って……何か誤解しているみたいだけど、名前はジンと言います」

「ジン様……」

「名前って、ないと不便じゃない？」

「いえ、仲間内では識別子《しきべつし》で呼び合っており、全く不便はございません」

「それが名前じゃないの？」

「いえ、この識別子は我々ラットのみで理解できる記号にすぎず、あらゆる種族が理解できる名前というものとは、大きく異なるのです」

「へえ、そうなんだ」

なんかこの世界のネズミはちょっと忍者っぽい感じがあるよな。このネズミには敬意を表し、僕の心の中でサスケと呼ぼう。

そんなことを考えていると、サスケが足を止めた。

「着きました。こちらです」

フロアの壁に、どこかに続くらしい道の入り口がある。そこに入ってさらに進むと、床に平らな石が敷き詰められた、六畳程度の部屋があった。

部屋の中には何もない。

「こちらの部屋は毒を含んだ土もなく、比較的清潔なようです。いかがでしょう?」

「うん、完璧。ありがとう」

「はっ。それでは、我々は調査を進めます」

「よろしくね」

サスケはスッと部屋を出ていき、僕は部屋で一人になった。

日課の素振りをしっかりこなした後、精神を休ませようと床に座って目を瞑《つぶ》る。

すると、なんだか急に眠くなってきた。

アンデッドでも眠くなるんだな。特にやることもないし、このまま寝るか。

「お休み、トト」

《おやすみなさいませ、マスター》

◆

目を覚ました僕は、サスケ達が見つけてくれた部屋から出る。

すると外には、サスケと他のネズミが全員勢揃いしていた。

「待たせちゃったかな？」

「いえ、ジン様。ゆっくりお休みになられたようで、こちらも安心しました。さて、このフロアの宝箱ですが、残りの物は全てこちらに運んでおります。全部で五箱ありました」

「ありがとう。皆さん、本当に優秀だね」

感謝を述べ、チップがわりの魔素をネズミ達に送っておく。

するとサスケが、ネズミを代表して僕に挨拶をする。

「ジン様、この度は我々の願いを聞き入れてくださり、誠にありがとうございます。それでは、我々はこれにて失礼いたします。下の階層でもお待ちしております」

「うん？　お待ちしてる？　あぁ、色んな階層に住んでいるのか。じゃあ、また！」

ネズミ達は一斉に闇へと消えていった。
「この世界のネズミはやっぱり忍者っぽいな。格好いいねぇ！」
一人頷きながら、僕は一列に並べられた宝箱を開けてみた。
……結果はこうだった。
〔上級万能薬《ハイパナセア》×３。あらゆる病や状態異常を治療する〕
〔上級魔力回復薬《ハイマナポーション》×３。魔力が大幅に回復する〕
〔ハルカリナッソス金貨×５枚。戦勝記念に作られた純金製の金貨〕
〔【聖浄光《ホーリーライト》】の魔法書。汚《よご》れ・穢《けが》れを浄化する中級魔法〕
〔【重力球《グラビティボール》】の魔法書。球状の重力場を発生させる中級魔法〕
良さそうなアイテムばかりだ。気になるアイテムもあるが、とりあえず今は全て【収納】に入れておく。
「さぁ、そろそろ次の階層行きますか」
第三階層へ下りる階段の入り口に向かい、僕は少し駆け足で階段を下りたのだった。

◆

階段を下りながら、僕はトトに第三階層の特徴を聞いてみた。

《第三階層は石造りの地下墓地《カタコンベ》で、複数の部屋があり、中に棺が納められています。敵としては骸骨戦士《スケルトンウォーリア》と骸骨弓士《スケルトンアーチャー》が出現します。この二種族は骸骨《スケルトン》の進化系で、下位アンデッドですが、それなりの強さです》

（おぉ、地下墓地《カタコンベ》に骸骨《がいこつ》！　突然散らばっていた骨が集まって、骸骨《スケルトン》が生まれたりして……それはゲームの世界だけかな？）

そんな想像を膨《ふく》らませていると、第三階層のフロアに到着していた。そして、そこにはなぜか、サスケと他のネズミ達が待機していた。

「ジン様、お待ちしておりました」

サスケがそう言って頭を下げると、他のネズミ達も一斉にそれに倣《なら》う。

驚くべきことに、サスケ以外のネズミ達も、彼ほどではないが大きくなっている。それが二十匹いるから、ピラミッドでもかなりの戦力ではないだろうか。

一旦それは置いといて、僕はサスケに事情を尋ねる。

「あれ、どうしたの？」

「はっ。我々はジン様から受けた大恩に報《むく》いるため、この階層でも何かお役に立てないかとこちらでお待ちしておりました。今後は【使役】も魔素も不要ですので、御用があればなんなりとお申しつけください」

どういうこと⁉ 恩人扱いされているけど、なんでだろう。

（トト、使役ってちゃんと契約結んでいるし、対等でＷＩＮ－ＷＩＮな関係だよね？）

《はい。その通りです》

理由がちょっと分からない。サスケに聞いてみるか。

「大恩ってなんのこと？ 僕の方は大助かりで、むしろ感謝しているくらいだけど。それに、契約で働いてもらっているから、そもそも恩を感じる必要ないよ？」

「いえいえ、何をおっしゃいますか。あれほどの魔素を頂いてしまっては、ちょっとやそっとの仕事では釣り合いません」

サスケはそう断言した。

あっ、もしかして渡しすぎだったかな？ もっと少なくても良かったか……

僕はそう考え、サスケを安心させるように言う。

「渡した魔素がちょっと多かったかもしれないけど、気にすることないよ。皆さんが頑張ってくれたことに対する正当な報酬だから、そう思って受け取ってほしい」

サスケはすぐさま首を振り、僕に応える。

「いえ、我々はジン様から魔素を頂いたおかげで種族進化に至りました。ピラミッドに棲《す》み着《つ》いて五十年、このようなことは一度もありませんでした。このピラミッドの魔物からただただ逃げ回り、捕食されるだけの日々は終わったのです。我ら種族は救われました。もはや革命！　これを大恩と言わずしてなんと言いましょうか！」

別のネズミからは「その通りだ！」とか「いやもっとだ！」とか、同意の声が聞こえてくる。

何か凄いことになっている!?　革命起きちゃっているよ。

もしや、生態系を狂わせちゃったのか……？

ハムモンの話によれば、ピラミッドは少なくとも百年の歴史があるから、ネズミは後から住み着いたってことだ。

つまり外来種だから、生態系の破壊はあるあるのような気もするな。

とはいえ、それは僕のせいではない。ネズミのポテンシャルの問題だ。

どっちにしても、このままでは何を言ってもサスケ達は納得しない感じかなぁ……困った。

まあ、せっかくこう言ってくれているんだし、お言葉に甘えるか。

「んじゃあ、この階層の探索もお願いしようかな」

「はっ！」

ネズミ達は一斉に返事をすると、サスケを残して姿を消した。

体が大きくなって、動きもかなり素早くなっている。それに、みんな喋れるんだね。

サスケは指示役として僕のそばにいるみたいだ。

彼らが調べてくれるとはいえ、僕自身もフロアの探索はしたい。

早くピラミッドを出て樹海を探検したいけど、ピラミッドの中の探索も結構楽しい。それに、敵を倒して魔素を集めておかないと、強くなれないしね。

「じゃあ、僕も探索するね」

一応サスケに伝えて、僕は石畳の廊下を歩きはじめた。

廊下は歩きにくいというほどでないものの、床に敷かれた石製のブロックが割れたり崩れたりしていて、気を抜いたら足を引っ掛けて転びそうだ。

壁も同じような具合に少し傷んでいる。

廊下と部屋には、床に立つタイプの燭台が設置されていて、火がついたロウソクが載っている。

この灯りのおかげで、【暗視】がなくても十分に動き回れそうだ。

しばらく歩くと、一つ目の部屋が右手に見えてきた。

中を覗くと、壁をくり抜いて造られた石室が並び、そこに棺が安置されているのが見えた。

これが縦に三段、横に五段ある。

カプセルホテルみたいな感じだな。

床には人の骨のようなものと剣が散らばっている。

骨を【鑑定】すると骸骨戦士《スケルトンウォーリア》の死骸《しがい》だった。

魔物の死骸だけ落ちているパターンもあるのか。

そう判断して、僕は死骸を【悪食《ビザールフード》】で吸収した。

それを見ていたサスケが少しビクッとする。驚かせちゃったかな。

僕は魔素を取得し、落ちていた剣も回収した。

剣を【鑑定】すると、〔鉄の剣。攻撃力＋６０〕だそう。

次に、廊下を挟んで向かい側にある部屋を覗く。

ここも先程のように骨が床に散らばっていて、弓矢が落ちている。また死骸だ。

しかし……何かおかしい。サスケに聞いてみる。

「ねぇ、なんか部屋に入っていきなり敵が死んでいるのって、変じゃない？」

「はっ。我々の方で邪魔な骸骨《スケルトン》共は始末しております」

「え？」

「ジン様の手を煩《わずら》わせる必要はないと思い、調査のついでに倒しています」

ネズミ達の仕業《しわざ》というわけか……納得した。

何か気の遣われ方が凄いとは思ったが、ネズミが骸骨《スケルトン》を倒していることに驚きだ。あんなに小さかったのに、いつの間にか大きくなって……

ただ、僕も敵を倒したいし、【物理障壁《フォースバリア》】の訓練もしたい。【魔法障壁《マジックバリア》】ができるから、多分その応用ですぐに覚えられると思うし。

一応、サスケには敵を残しておくようにお願いしよう。

「凄くありがたいんだけど、僕も敵を倒したいから、残しておいてもらってもいいかな?」

僕がそう言うと、サスケはちょこんと頭を下げた。

「そうでしたか、出過ぎた真似をしてしまいました。申し訳ありません……すぐに仲間達に伝えます」

そして、テレパシーらしきもので仲間達に話してくれているようだ。

(トトさんトトさん、ネズミ達ってテレパシーみたいなものを使っているよね?)

《はい。【念話《ねんわ》】のスキルと思われます》

便利だなぁ。諜報《ちょうほう》とか偵察とかで役に立ちそうだ。

そんなことを考えながら、僕はまた廊下を進みはじめた。

しかし、歩いても歩いても見つかるのはネズミ達が倒した敵の死骸だけだ。

廊下ではネズミが待っていて、「こちらです」と言って下階層への階段がある方に誘導してくれる。

これじゃあ冒険じゃない! 接待だ!

勿体《もったい》ないから落ちている敵の死骸は【悪食《ビザールフード》】で吸収し、剣や弓矢は【収納】する。

あまりにもスムーズに進んだ結果、もう下の階層への階段が見えるところまで来てしまった。

今いる通路をまっすぐ行った突き当たりに、階段部屋の入り口がある。

そして入り口の脇には宝箱が並べてある。ネズミ達はわざわざ僕が開けやすいように、一箇所に集めて並べてくれたようだ。

戦闘は半《なか》ば諦《あきら》めていたが、階段部屋の手前にある別の部屋を覗くと、二体の骸骨戦士《スケルトンウォーリア》が剣を持って立っていた。

ネズミ達が残しておいてくれたらしい。

よし、【物理障壁《フォースバリア》】の訓練ができるぞ！

【魔法障壁《マジックバリア》】の時と同様、魔力で作った障壁で全身を覆った。大量に魔力を失ってしまったが、最初は仕方ない。

骸骨《スケルトン》達は僕に気づいて、一斉に剣で斬りかかってきた。

障壁に剣がぶつかり、「ガギィン！」という金属音が響く。

衝撃で障壁が多少へこんだものの、この程度であればまだまだ壊れない。

骸骨《スケルトン》は攻撃の手を緩《ゆる》めず、時折スキルと思われる連撃も繰り出してくるが、しっかりとガードできている。

物理攻撃の感覚は大分掴めた。この感覚をベースに、それに特化した障壁となるよう、僕は攻撃をくらいつつ改善を続けた。

するとついに、こちらの壁には傷一つつかず、敵の攻撃を弾けるようになった。

もう十分そうだから、骸骨達《スケルトン》を倒すことにする。

剣には剣を、ということで、僕は【収納】から真銀《ミスリル》の剣を取り出した。それで一体目の骸骨《スケルトン》を袈《け》裟《さ》斬りにし、返す刀でもう一体を横に一閃して倒した。

その時、背後から複数の矢が勢いよく飛んできた。

目の前の骸骨《スケルトン》に気を取られていて反応が遅れたが、展開していた障壁が難なくこれを防ぐ。

振り返って見ると、向かいの部屋にいる二体の骸骨《スケルトン》が弓を射っていた。骸骨弓士《スケルトンアーチャー》だろう。

僕は【火球《ファイアボール》】をイメージして指を二回鳴らす。

火の玉が二つ現れ、それぞれの骸骨《スケルトン》に襲いかかる。

敵は狭い部屋で上手く動けないのだろう。あっけなく当たり、燃え尽きた。

倒した敵の魔素が僕に吸収される。すると、あの声が聞こえた。

〔【物理障壁《フォースバリア》Lv２】を習得しました〕

予定通り、スキルを習得することができた。

僕は残った敵の体を【悪食《ビザールフード》】で吸収し、武器を【収納】する。

部屋から出て下層への階段の入り口に向かうと、ネズミ達が集合していた。
「お疲れ様でした、ジン様。こちらに宝箱を並べておりますので、ご確認ください」
サスケが恭《うやうや》しく一礼する。
「うん、ありがとう。下の階層への階段も見つけてくれて、助かるよ」
「いえ、当然でございます。それではまた下の階でお待ちしております」
サスケはそう言い残すと、ネズミ達と共にさっと姿を消してしまった。
「ネズミ達が優秀すぎて、やることがないなぁ」
そうぼやきながらも、僕は宝箱を開けはじめる。
宝箱の中身はこんな感じだった。
〔鋼鉄製のロングソード。攻撃力＋１２０。丈夫で強力だが、やや重い〕
〔鋼鉄製のグレートソード。攻撃力＋２００。丈夫で強力だが、非常に重い〕
〔砂漠《さばく》の民《たみ》の手袋《てぶくろ》。防御力＋１０。アレクサンドレアの民が身につけたとされる手袋〕
〔砂漠の民のブーツ。防御力＋１５。アレクサンドレアの民が身につけたとされるブーツ〕
〔中級回復薬《ミドルポーション》×３。体力や傷がかなり回復する〕
〔中級魔力回復薬《ミドルマナポーション》×３。魔力がかなり回復する〕
〔ハルカリナッソス銀貨×５０枚。戦勝記念に作られた純銀製の銀貨〕

ずっと裸足だったから、ブーツはありがたい。サイズはピッタリなので、早速履いた。

それ以外は全部【収納】に突っ込んだ。

「そういえば、さっき上の階で【聖浄光《ホーリーライト》】の魔法書ってやつを手に入れたんだった。トト、魔法書って何？」

《はい。魔法の詠唱、魔法陣、イメージ図が描かれた本です。その本を使って魔法を発動すれば、記された魔法を使えるようになります》

「なるほど、それは便利だね。ちょっと読んでみるか」

そばの宝箱に腰掛けながら、僕は【聖浄光《ホーリーライト》】の魔法書を開いた。

トトが言った通りの内容だ。イメージさえ分かれば、なんとかなるだろうから、図のところを先に見る。

詠唱であれば手のひらを向けた方向に、魔法陣であればそれが向いた方向に、眩《まばゆ》い光がパァッと広がるように描いてある。

宣言の中身には、〈万物を聖なる光で浄化する〉という文言があるから、いかにもアンデッドに効果がありそうだ。

「これを使ったら、自分が浄化されちゃったりしないかな？」

トトに聞いてみる。

《いいえ。魔法は基本的に自分には向かいませんので、その心配は不要と思われます》

だそうです。良かった。

早速練習しよう。僕は廊下に手のひらを向けて、魔法を放つ。

「【聖浄光《ホーリーライト》】！」

廊下全体に白い光が瞬時に広がり、そして消えた。敵がいないのでダメージがどれほどかは分からないが、通路がやけに綺麗になっている。

先程までこの通路は、血痕《けっこん》らしきものであちこち黒ずんでいたり、少しカビ臭かったりした。ところが今や、洗浄されたようにピカピカになり、嫌な臭いもない。

敵を倒す以外にも、こういった効果もあるんだと理解した。

「新しい魔法も覚えたし、下の階に行きますか」

階段を下りながら、僕はトトに、第二階層の特徴を聞いてみた。

《第二階層は、常時真夜中で、空には月が出ており、針葉樹の森と共同墓地から構成されるフロアになっています。敵は屍人戦士《ゾンビウォーリア》や屍人術師《ゾンビマジシャン》などが出没します。この二種族は屍人《ゾンビ》の進化系で、下位のアンデッドです。マスターの敵ではございません》

「ありがとう。またお墓かぁ。そして今度は屍人《ゾンビ》。下に行けば行くほど敵が弱くなっているな。ピラミッドなら普通は下から攻略をスタートするだろうから、下層に行けば敵が弱くなるのは当然だよね」

第二階層のフロアに着くと、周囲は木々に囲まれ、木々の隙間からは月明かりが漏れていた。

ピラミッドという建物の中なのに空があって、月は出ているわ木が生えているわで、メチャクチャだ。沼地の階層よりもさらに屋外感がある。

さすがダンジョン――ということで片付けてしまう方が賢明だろう。深く考えても、多分何も分からない。

などと呆《あき》れていると――

「お待ちしておりました、ジン様。こちらのフロアでも探索をお任せいただけますでしょうか？」

さっき姿を消したはずのサスケがいつの間にか側にいて、僕に声をかけた。

他のネズミ達はその後ろに控《ひか》えて指示を待っている。

「うん、じゃあお願いしようかな？」

僕がそう言うと、サスケは短く「はっ」と返事をする。そしてネズミ達の方へ振り向いて、指示を出す。

何か忘れているような……あっ、魔物だ！　また魔物を狩られちゃうと、魔素を得る機会も【聖浄光《ホーリーライト》】を使うチャンスもなくなる。

先にしっかり伝えておかないと。

今にも活動を開始しようというネズミ達に焦った僕は、まだ打ち合わせをしているサスケに急いで伝える。

「ねぇ、サスケ、面倒をかけちゃうんだけど、今回はできるだけ魔物を倒さないでくれる？」

ネズミ達は僕の声が聞こえると一斉に話をやめ、耳を傾けてくれる。

仕事のできるネズミ達だ。

しかしそれも束の間、ネズミ達はお互い顔を見合わせながら、ザワザワと騒《さわ》ぎはじめた。

あれ、もしや面倒なことをお願いしちゃったかな？

そう思ってサスケを見ると、彼は驚愕《きょうがく》の表情を浮かべながら口をパクパクしている。

んっ、どした？

「ジ、ジ、ジ、ジン様！　それは、私の名ですか⁉」

サスケが凄く興奮している。

「んっ？　名ってなんのこと？」

僕が質問に質問で返す。

「いっ、今確かに『サスケ』と呼ばれたかと⁉」

……あっ、やべ。無意識にサスケって呼んじゃっていたか。

裏で呼んでいたあだ名が本人にばれちゃった時の気まずさ。昔から、焦るとちょいちょい口を滑《すべ》らせがちなんだよなぁ、僕……

なんて言い訳しよう。

いや、嘘をつくのはダメだ。正直に言おう。

「ごめん、勝手にあだ名を付けて呼んでた……君は名前がないと言っていたから、どう呼んだらいいか分からなくて……でも『サスケ』っていう名前は、有名な忍者の名前で――あっ、忍者っていうのは凄い密偵みたいな職業ね？　だから、悪気があって呼んでいたわけじゃないよ!?」

結局、言い訳も口にしてしまう。

しかし、サスケにそれを気にする様子はなく、むしろ喜色に満ちた表情でまた聞いてくる。

「つまり、その名を付けていただけると……？」

「えっ？　そう呼んでもいいの？」

「もちろんです！　ぜひお願いいたします」

サスケは深々と頭を下げる。

すると、僕の体から魔素がごっそり外に出て、サスケの方に向かった。

突然全身の力が抜け、目眩《めまい》がして足がふらつく。

あ、あれ!?

《マスター。魔物への命名は【使役】のように契約の一種です。こちらは自身の魔素を多く差し出

す代わりに、相手からの忠誠を得られます。もちろん、相手との合意なくして契約は成り立ちません》

なるほど……今ので命名をしちゃったのか。……まぁ、サスケを名前で呼べるようになるし、彼自身ノリノリっぽかったからいいのか？

そんなことを思っていると、僕から流れた濃密な魔素がサスケの周囲を包み、凄い速さで渦《うず》を巻きはじめた。

これは知っている。種族進化だ。

他のネズミ達は「なんて強力な魔素だ!?」とか「羨《うらや》ましい！」とか、色々言っている。やらかしたかなぁ……

そうこうしているうちに、魔素の渦は動きを止め、中心に吸い込まれるように集まっていく。

全ての魔素が消えると、種族進化したサスケが姿を現した。

彼は片膝を地面につき、僕の方を向いて頭《こうべ》を垂れていた。

彼はそのまますっと立ち上がり、こちらを見るのだが……

人だ。明らかに人になっている!?

頭にネズミの耳がついていて、尻尾が後ろに見えているが、顔も体つきも人そのものだ。

髪はグレーでミディアムくらい。顔は若々しく、十代後半といったところ。凛々《りり》しい感じのイケメンだ。

身長は僕より少し低いか。百七十センチ程度だろう。アンデッドだからか、前と変わらず目は赤い。

サスケは自身の大きな変化に気づいたのか、体全体を不思議そうに見回す。そして、僕をまっすぐ見ながら、胸に手を当て言う。

「ジン様。この度は名前と力をいただき、感謝の言葉もありません。既に契約は済んでおりますが、改めて、たった今より、命の続く限り忠誠を尽くすことを、ここに誓《ちか》います」

いやいや、名前を付けただけなのに大袈裟《おおげさ》な!?

それも僕が呼びやすいように付けさせてもらった感じだし……

困ったなぁ、そんなつもりなかった。

ただ、それよりも、今はサスケが裸なことが気になる!

「その話はいいから、サスケ君、まずはこれを着たまえ！　人たるもの、裸で外を歩いてはいかんのだ！」

そう言うと僕は、【収納】から出した死霊のローブを渡す。

サスケは初めて着る服に戸惑《とまど》いながらも、嬉しそうに袖《そで》を通してくれる。

「あと、これも使えるだろうから、あげるね」

僕は【収納】から鋼鉄製のロングソードも渡す。

「……これほど色々な物を頂いても、お返しができません」

そうは言いながらも、サスケはロングソードを両手で大事そうに抱きかかえていて、誰にも渡す気はなさそうだ。

「もう大分お返ししてもらっているよ……割とマジで。この階層の探索もしてくれるんでしょ？それで十分！　いや、マジで！」

接待探索なんて、初めてだったよ。普通の探索もまともにしたことないのに。

「なんと寛大なお方か……それでは早速、フロアの調査に取り掛かります！」

「うむ、そうしてくれたまえ！」

なんだかサスケが感服した様子なので、それっぽく返してみた。

とはいえ、いつもこんな感じでは肩が凝《こ》るな。

「そうそう、サスケも僕みたいに、もっと気楽に話してくれるかな？　そっちの方が僕も楽なんだけど」

ハムモンが僕に言ってくれたように、サスケに提案してみた。

「私はジン様の配下。大変申し訳ないのですが、それはできかねます。どうぞご了承ください」

「……はい」

なんか配下ってことになっているし。

まぁ、本人が望んでいるんだから仕方ないか……

「あっ、あと、突然人っぽくなっちゃったけど、大丈夫かな？　迷惑じゃなかった⁉」

僕が尋ねると、サスケは首を横に振る。

「いいえ、感謝こそすれ、迷惑などということは微塵もありません。これでさらに強くなってジン様のお役に立てると思うと、無上の喜びを感じます」

なら良かった。

全然別の生物になっちゃって、困っていないか心配だったんだ。

「ジン様に一つ質問があるのですが、よろしいでしょうか？」

「もちろん、なんでも質問していいよ」

「ありがとうございます。私の名前の由来となった忍者という職業ですが、いったいどのようなものなのでしょう？」

へえ、忍者に興味があるんだ。

僕もあんまり詳しくないけど、とりあえず漫画やアニメ、ゲームで仕入れた情報をメインに伝えておくことにしよう。

忍者の役割と言えば主に諜報。武器は忍者刀とか手裏剣、服装は忍《しの》び装束《しょうぞく》とかかな。

そんなことを伝えていると、いつの間にか調子に乗って二刀流の武士の話とか、槍の達人の僧侶の話とか、全然関係ない情報まで喋ってしまった。

サスケが凄く興味津々《きょうみしんしん》で僕の話を聞くものだから、つい……ね。知識がごちゃ混ぜにならなければいいけど……

さて、お喋りはこの辺にしよう。

「ジン様、ありがとうございました」

「うん、またなんでも聞いてよ。じゃあ、僕も歩き回るね」

サスケにそう伝えて、探索を始める。

僕は月明かりを頼りに……なんて言いたいところだが、実際は【暗視】の力も借りながら、木々の合間を縫《ぬ》って進んでいく。

森の中には魔物がいないようだ。

一方、サスケは何やら思案する素ぶりを見せると、「少し外します」と一礼して、どこかに消えていった。どうしたんだろう？

しばらく歩くとネズミがいて、「あちらです」と顔を向けて、何かの存在を教えてくれた。そこにはさっきトトが教えてくれた共同墓地らしき場所があり、屍人《ゾンビ》がたくさんうろついていた。

「ありがとう」とネズミに伝え、僕は屍人達《ゾンビ》の方へ向かう。

屍人《ゾンビ》を観察すると、剣と鎧を装備している者や、ローブと杖を装備している者がいた。

全部で五十体はいる。

この数に一斉に襲われたらひとたまりもない。離れたところから、【聖浄光《ホーリーライト》】を使ってみよう。

木々の陰に隠れながら魔法が届くところまで近づき、僕は屍人達《ゾンビ》に手のひらを向ける。

「【聖浄光《ホーリーライト》】！」

眩い光が屍人達《ゾンビ》を包む。いや、屍人達《ゾンビ》に襲い掛かると言った方がいいだろう。

広がった光は一瞬で消えたが、その範囲にいた敵も同時に消滅した。

文字通り全滅だ。

あまりの威力に、僕はしばし呆然《ぼうぜん》とする。

そして、一気に大量の魔素が体の中に流れ込んできた。

屍人騎士《ゾンビナイト》ほどではないが、なかなかの量だ。

せっかくだから、敵がドロップした使えそうな物も回収して、【収納】していく。

しかし、すぐに周囲の土が盛り上がり、再び屍人達《ゾンビ》が湧きはじめた。

一体ずつ倒すのはちょっと面倒だから、屍人《ゾンビ》が増えるまで別のところを見に行くことにしよう。

共同墓地を通り過ぎ、また森を進むと、やはりネズミがいた。

そして「あちらです」と、次なる共同墓地を教えてくれる。僕はそれに従い、墓地にいた屍人達《ゾンビ》をまた【聖浄光《ホーリーライト》】で全滅させる。

これを何度か繰り返し、五百体程度倒したところで、屍人《ゾンビ》が湧かなくなった。

もう魔法の練習は十分だし、魔素もある程度吸収できたので、ネズミに頼んで下階層への階段に連れて行ってもらった。

階段の脇にはやはり宝箱が積んである。

ネズミの皆さん、毎度お疲れ様です。

宝箱を開けようとすると、後方からサスケの声が聞こえた。

「ジン様、ただいま戻りました」

そういえば、さっき一人でどこかに行っちゃったんだよな。

「おかえり。さっきはどうし――――」

サスケの方を振り向くと、彼の服装が前とは変わっていた。

さっき僕が話した忍者のイメージに合わせて作ったもの……なのか？

忍び装束と武士の袴《はかま》、僧侶の袈裟を足して三で割ったような服を着ている。

まさかこの短時間で作ったのか？　いや、それよりもなんでこんなデザインに？

……僕のせいか。さっき気のむくままに余計なことをペラペラと喋ったから……

でも今更間違っているなんて言えるわけがない。

「そ、その服どうしたの!?　格好良いじゃん！」

「本当ですか!?　喜んでいただけるかと思い、頑張りました！　これで忍者に近づけます！」

「え？　……そうだね！」

ごめん、サスケ……格好良いけど、忍者かと言われると微妙なんだ。

でも、凄く嬉しそうにしているし、これ以上余計なことを言うのは野暮《やぼ》だよな。

「それでは、我々は下の階層でお待ちしております」

サスケとネズミ達は軽く一礼すると、スッと姿を消した。

後ろめたい気持ちしかないが、切り替えよう。まずは目の前の宝箱だ。

今回の宝箱の中身はこんな感じだった。

〔砂漠《さばく》の民《たみ》の貫頭衣《かんとうい》。防御力＋２５。アレクサンドレアの民が身につけたとされる貫頭衣〕

〔砂漠の民の下服《ズボン》。防御力＋２５。アレクサンドレアの民が身につけたとされる下服〕

〔初級回復薬《ベーシックポーション》×３。体力や傷が少し回復する〕

〔初級魔力回復薬《ベーシックマナポーション》×３。魔力が少し回復する〕

結構質素だ。第二階層だし、こんなものか。

その代わり、倒した屍人《ゾンビ》達から剣やら鎧やらを回収してかなりの量を持っている。そんなに集めて何に使うのかと聞かれても困る。

なお、身だしなみのことも考えて、貫頭衣と下服《ズボン》は装備しておいた。そして僕は、第一階層への入り口へと向かうのだった。

◆

ピラミッドの第一階層でネズミ達は上層からジンが下りてくるのを待っていた。

そんな中、ネズミ達のリーダー格であるサスケは、ここ数日の激動に思いを馳せていた。

「ジン様がピラミッドに現れたのは、奇跡と言う他ない」

サスケがふと独り言を呟くと、仲間の一匹が反応する。

「え？　ああ、確かに。なんたってオイラ達全員、種族進化しちゃったもんねぇ……これってマジでヤバくない？」

彼がずっと感じていた疑問を投げかけると、今度は別の一匹が答える。

「ヤバすぎんだろ。普通何年もコツコツ魔素を集めてやっと進化できるかどうかってところだぞ？なのに一日で全員進化させるって何者だ、ありゃあ？」

「ふっ、それほど規格外のお方がジン様なのだ」

サスケが無知な者を諭《さと》すように答えた。

「ちぇっ、サスケなんて格好良い名前をもらって、おまけに鼠人《ウェアラット》に進化したからって、随分偉そうだねぇ？」

「そんなことはない。俺は真実を言ったまでだ」

「まぁ、確かにな。アイツ――いや、あのお方は普通のアンデッドじゃねえ」

「ああ、そうだ。それにジン様の側にいると、こんな地獄のような場所にもかかわらず、心の安らぎを感じる」

サスケがしみじみ語ると、他のネズミ達も同意した。

「うん。生まれてから一度もそんなの感じたことなかったのにねぇ」

「ピラミッドの底辺だったからな、オレ達。気を抜けばすぐに殺されちまうから、ずっと壁の中でコソコソ生きてきた。でも、あのお方の側にいると、なんつうか負ける気がしねぇから、堂々と外を歩けるもんな」

仲間達の言葉にサスケは首肯《しゅこう》する。

「だが、ジン様はもうすぐピラミッドを出て行ってしまわれる」

サスケはそう言うと、不意に大きな不安に駆られ、胸がぎゅっと掴まれるような感覚に陥《おちい》る。

先程まで明るかった仲間達の顔にも不安の翳《かげ》がさす。

いや、本来のネズミ達の顔に戻っただけなのかもしれない。

元々彼らの先祖は、砂漠を渡った南の大陸にある樹海出身だ。中には樹海に棲まう強力な魔物と渡り合えるほどの個体も存在したらしい。

しかし突如樹海に現れた得体の知れないアンデッドに蹂躪《じゅうりん》され、実験体として奴隷《どれい》のような日々を送ることになった。

それを良しとしなかったネズミ達の先祖は、命からがら樹海から逃げ出して、このピラミッドに到達した。

しかし、その逃避行で力を使い果たした先祖達は、子供を産むとすぐに死んでしまった。

ピラミッドで生まれた子供達には目標があった。ここで成長して、いつか自分達の故郷である樹海に帰りたい、そして親の仇《かたき》を討ちたいというものだ。

だが、ピラミッドの敵は強すぎた。

成長しようにも魔素を集める前に殺されてしまう。

ゆえに彼らは、第四階層の毒沼に生まれる弱小なヒルの魔物を食料とし、脆くなったピラミッドの壁の内側を棲処に、慎《つつ》ましく生活する他なかった。

それからいくつも世代を重ねたが、同じ生活を続けることしかできなかった。

ネズミ達はまるで、ピラミッドという監獄《かんごく》の囚人《しゅうじん》だった。

樹海で奴隷のような生活を強いられていた先祖と何が違うと言うのか。

サスケ達の世代も当然のように、このまま成長などすることもなく、ただただ短い一生を終えるのだと確信していた。

彼らは生まれてからずっと、そんな絶望と共に生きてきたのだ。

だがその状況を一変する出来事が起きる。

ピラミッドにジンが現れたのだ。

「ジン様と出会ったあの時から、全てが変わった。俺は死ぬまであの日のことを忘れはしないだろう」

「サスケがジン様に初めて会った日のことかい？　なぁんだ、今度は自慢話か……まぁ、せっかくだから、オイラは聞いてやってもいいけど」

「オレも聞いてやろう。どんな感じだったんだ？」

「ふむ」

そう言ってサスケは腕を組むと、目を瞑って考え込むような様子を見せる。

「勿体ぶってんじゃねぇ！」

「そうだよ！　もう聞いてやんないよ!?」

「やれやれ、そんなにジン様の素晴らしさを知りたいか。だが、詳しく話すためには正確に思い出す時間が必要なのだ。慌てずに少し待っていろ」

「いや、別に詳しくなくてもいいんだけど……」

そうした言葉など気にする様子もなく、サスケは再び目を瞑ると、ジンとの出会いを振り返る。


——それは数日前のこと。

食料を探しにピラミッド第四階層の壁穴から外に出たサスケの前に、普人によく似た一体のアンデッドが姿を現した。

突然のことに驚いたサスケだったが、あまり危険だとは思わなかった。壁の穴はすぐ後ろにあるから、その気になればいつでも逃げられる。

ひとまず様子を窺っていると、そのアンデッドは【使役】のスキルを介してサスケに語りかけてきた。

魔素を対価に仕事を依頼したいらしい。

【使役】のような従属系統のスキルは、高位の存在でなければ習得できない。目の前のアンデッドも相当な実力者であろうことが窺える。

ちなみに、この系統のスキルでは使用者と被使用者の間で契約を結ぶのだが、使用者側の立場が強く、不当な契約を押し付けられることも多いらしい。

（どうせこのアンデッドも俺のような下位の存在を見下しているに違いない。対等な契約を結ぼうなどとは思わないだろう。だがそれでいい。こちらも適当に仕事をして、少しでも魔素が得られれば十分だ）

サスケはそう考え、アンデッドの【使役】に応じることにした。

アンデッド側の依頼は下階層の入り口を探してほしいというものだった。このフロアを知り尽くしたサスケにとっては朝飯前だ。

契約が成立するとすぐさま、アンデッドから魔素が流れ込んできた。不思議と温かみのある魔素で、体にみるみる力が漲ってくる。

（なっ、なんだこれは。量が多くないか……？）

何かの間違いではないかとサスケは急いで使役者に目を向けるが、慌てているような素振《そぶ》りはない。

むしろ興味津々といった様子でサスケのことを観察していた。

（俺のような下位の存在と対等な契約を？　いや……ただの道案内でこの量では、俺のメリットの方が遥《はる》かに多いではないか。このアンデッドがどういうつもりかは分からない。だが、手を抜いて仕事をするわけにはいかなくなった。我々は誇《ほこ》り高い種族。礼には礼をもって返す）

そう決めると、サスケは下階層への階段に向かう最短で安全なルートを選び、案内を開始した。

しばらくすると、突如前方に死霊《レイス》が現れた。明らかにこちらに気づいており、戦闘は避けられそうもない。

（そんなバカな……このルートに魔物が出現したことなど、過去一度もないはず）

ピラミッドでのネズミの天敵といえば、毒蜘蛛《どくぐも》かこの死霊《レイス》のどちらかだ。

前者は屍鼠《ゾンビラット》を餌としており、後者は単に面白半分で殺す。

（なんて運が悪いんだ。魔素を得て少し強くなったとはいえ、さすがに勝てるとは思えない。だが真剣にやると決めた以上、逃げるわけにはいかない。最後まで必ず案内してみせる）

サスケは心を奮《ふる》い立《た》たせ、歯を食いしばって死霊《レイス》に立ち向かおうとする。だが、足が震えて動かない。

死ぬのが目に見えているからだろうか。体が言うことを聞かないのだ。

彼が動けずにいると、無情にも死霊《レイス》が魔法の詠唱を始めた。

発動したのは中級の氷魔法だ。くらえばひとたまりもない。

サスケは瞬時に死を覚悟する――が、死霊《レイス》の攻撃はこちらではなく、隣《となり》に立つアンデッドへと向かった。

まずいと思ったのも束の間、なんとアンデッドはその攻撃を魔法の障壁で受け切ってみせる。それどころか、逆に炎魔法で死霊《レイス》を焼き尽くしてしまった。

サスケはその光景に愕然《がくぜん》とする。

(し、信じられない。これほど簡単に死霊《レイス》を倒せるなんて、このフロア最強の魔物がまるで、子供扱いではないか……ダ、ダメだ、呆《ほう》けている場合ではない！)

サスケは自分の使命を思い出して我に返る。

そしてすぐさま案内を再開した。

しばらくして、そのアンデッドを下の階層への階段の入り口まで案内することができた。

だがそこにまたしても死霊《レイス》が現れる。しかも、今度は一度に三体だ。

サスケにとっては絶体絶命の状況だ。

恐ろしくて震えが止まらないが、後悔はなかった。

(俺の役目は全《まっと》うできた。俺がここで死のうが、我々の誇りは保たれる。それに、このままピラミッドでただ無為《むい》に生きていくよりも、誰かの役に立って死ぬ方が、よほど素晴らしいではないか)

そう考えれば、サスケはむしろ満足でさえあった。

しかし隣にいたアンデッドは、サスケに追加で魔素を渡すと、手で逃げろと合図をする。

(俺を、守るというのか？　それに、またこれほどの魔素を？)

〔魔素が種族の限界値に到達しました。種族進化します〕

アンデッドの行動に戸惑うサスケの頭に、突如聞き覚えのない女性の声が響く。

(なっ、進化だと⁉　まっ、待ってくれ、俺は逃げなくてはならないんだ！)

サスケは無我夢中でその場から駆け出した。そして一番に見つけた壁の穴に体を捻《ね》じ込《こ》むと、ふうっと安堵《あんど》の息を吐く。

窮地《きゅうち》を脱したからというよりも、あのアンデッドの逃げろという指示を完遂《かんすい》できたのが嬉しい。

そんなことを思っていると、いつしか全身が黒い魔素に包まれて、体の再構築が始まっていた。

しばらくして、種族進化が完了した。

目を開けると、視点がいつもよりも高くなっている。

どうやら体が大きくなったらしい。

それに、一段階上の存在へと進化したからか、なんでもできそうな万能感がある。これならピラミッドの魔物にも勝てるに違いない。

言いようのない歓喜が沸々《ふつふつ》と込み上げてくる。だがそれよりもまず、サスケにはやるべきことがあった。

彼は【念話】で仲間達に連絡を取り、下階層への入り口で待機させた。

あのアンデッドが来るのを待ち、今度は仲間達に【使役】を使ってもらうように依頼するためだ。

そうして仲間全員を進化させようと、サスケは考えたのだ。彼だけが強くなっても、仲間が死んでは意味がない。

だが、正直なことを言えば、それは口実でしかなかった。

本当の目的は、もう一度あのアンデッドに会って、サスケが成長した姿を見てもらうことだった。

あなたのおかげで進化できたと、サスケはそう伝えたかった。

そして、できればこの成長した力でもっと彼の役に立ちたいと思ったのだ。


サスケはここまでの思い出を振り返ると、仲間達に詳しく伝えた。

「ふーん、そのアンデッドが、ジン様ね。ところで、オイラ達が緊急で呼び出されたのって、ジン様にまた会うための口実だったの⁉」

「てめぇ！　聞いてねぇぞ！」

ネズミ達が不満を口にするが、サスケはそれを平然と受け流す。

「何を怒っている。そのおかげでお前達は今の力を手に入れたのだ。むしろ感謝するべきだろう」

「ムカつくけどその通りだねぇ。ただ、感謝する相手はジン様だよ」

「そうだな。お前は腹黒すぎるから、感謝しねぇ」

「まあいい。お前達が間に合ったからこそ、あの後、ジン様のお役に立てた。第三階層では魔物を倒しすぎるという失態を犯してしまったが……結果的に俺は名前をいただき、名実共にジン様の配下になることもできた。お前達には心から感謝しているよ」

「……コイツ、腹立つなぁ」

「ああ、殴りてぇ……」

「そんなことより、俺はこの奇跡を逃したくない」

その一言を聞き、サスケに文句を言っていたネズミ達が静かになった。

「あん？　どういうことだ？」

「……つまり、ジン様についていきたいってことでしょ？」

「そうだ。ジン様の目はギラギラしていて、何か野望があるように思えてならない。あの強さだ、たとえば魔王を目指しているとか、そんなところではないかと推測している」

サスケの言葉に、ネズミ達がざわつく。

「まっ、魔王!?　本当かよ!?」

「サスケの妄想じゃないかなぁ……」

「その野望の役に立ちたいのだ。底辺から這《は》い上《あ》がるきっかけをくださったご恩を返したい」

「そこはオイラも同じかな」

「オレもだ。それに、魔王の配下ってのも悪くねぇ」

全員が首を縦に振る。

「でもさぁ、ジン様がいいって言うかねぇ？」

「それは、聞いてみないと分からない」

サスケは慎重な姿勢だが、ネズミ達はお気楽だ。

「全力で頼めばなんとかなるんじゃねぇ？」

「確かにな。誠心誠意お願いすれば、きっと思いは伝わるはずだ！」

「告白？　まっ、ジン様は優しそうだから、きっと上手くいくよ」

再び全員がコクコクと頷いた。

「ねぇ、あんた達、もうすぐジン様が下りて来るわよ」

階段付近で上を見上げてジンを待っていたネズミから連絡が入った。

「分かった。ではジン様をお待ちする準備をしよう」

「おっけー。じゃあサスケ、頼んだよ」

「オレ達の命運はお前にかかっているぞ！」

「ああ、任せておけ」

サスケは力強くそう応えると、全員整列させて、ジンを待つのだった。

◆

僕は第一階層への階段を下りはじめた。トトにその特徴を聞いてみる。

《第一階層は開けた空間で、天井を支える柱が立っているのみで、建造物などは何もありません。敵としては屍人《ゾンビ》や骸骨《スケルトン》などが出没します。どちらもピラミッドで最弱の魔物です》

「そっか、じゃあ安心だな」

最下層にはすぐに着いた。

僕はサスケ達にまたフロアの調査をお願いする。今度は敵を倒していいとも伝えた。

正面のかなり前方に、ピラミッドの入り口と思われる場所が見え、外からは太陽の光が射し込んでいる。

僕は光の射す方へと歩いていく。

ついにここまで来ることができた。一度も死なずに到達した。

ピラミッドにいたのは短い期間だったが、濃い時間だったと感じる。

棺の中で生まれ、なんとか敵を倒しつつスキルや魔法を身につけて、いくらか強くなった。アイテムを集めたし、様々な出会いもあった。

大したことではないかもしれないが、僕にとっては大成功だ。そして、この成功の最大の功労者がトトであるのは言うまでもない。

「トト、ついにここまで来られたね。これもひとえにトトのおかげだ。ありがとう」

僕は心からお礼を伝えた。

《いえ、マスターの才能と努力があってこそです。ピラミッド攻略、本当におめでとうございます》

トトはそう言って労《ねぎら》ってくれた。

チュートリアルはピラミッド攻略のクエストまでで終わりだそうだから、ここを出たらトトとはもう話ができなくなる。

寂《さび》しくなるなぁ。

「チュートリアルが別のスキルになって、また一緒に冒険できればいいのになぁ」

本当に……心からそう思う。

しんみりしていると、トトの声が聞こえてきた。

《これまで【初期指導《チュートリアル》】にそのような変化が起きたという情報はございません》

……そっか。

にしても、トトは相変わらずだなぁ……と、僕は思わず苦笑する。

しかし、話はまだ続いていた。

《ですが、マスターは三つの息《ブレス》を一つに合わせて新たな息《ブレス》を生み出すという、通常成し得ない結果

を成し得た実績がございます。ぜひ【初期指導《チュートリアル》】にも、そのような変化を生み出してくださることを、期待しております》

確かにそうだな。それも不可能ではないかもしれない。

そんなことを考えながら、僕は歩を進める。

入り口までは大分距離があるにもかかわらず、真夏の炎天下に素肌を出しているかのように、こちらまで届いた光が僕の皮膚《ひふ》をじりじりと焦がす。

《マスターはアンデッドですので、弱い太陽光でもダメージを受けてしまいます》

「やっぱりか。光がメチャクチャ熱いというか、痛く感じるな！」

僕は急いでフードを被り、【収納】から手袋を取り出して身につける。これで素肌に光が当たる場所はないはずだ。

サスケもフードを深々と被りながら、僕の後ろを歩いていた。そして、ネズミ達が宝箱を集め終えたらしく、太い柱の陰へと案内してくれた。

なるほど、ここは光が及ばないから過ごしやすい。

早速宝箱を開けると、中身はこんな感じだった。

〔初級回復薬×5。体力や傷が少し回復する〕

〔初級魔力回復薬×5。魔力が少し回復する〕

一階は宝箱が少ないんだなぁ、などと贅沢なことを思いつつ、僕はアイテムを【収納】する。

それが終わったところで、サスケが意を決したような面持《おもも》ちで僕に話しかけてきた。

「ジン様！　どうか我々も連れて行っていただけないでしょうか？」

——予想外の質問だ。

ネズミ達も一緒に来たいって？

一緒に来てもらって困ることはない。むしろ色々助けてもらえると思うし、ありがたい。

ただ、色々確認しなければならないことがあるな。

「一緒に来てくれるのは全然構わないよ。その気持ちだけでもありがたい。ただ、これから僕が向かおうとしているところは、南の大陸にある樹海だけど、それは大丈夫？」

僕がそう言うと、ネズミ達から「樹海!?」「なんてことだ！」「まさか……」などと、驚愕と絶望の声が飛び交う。

彼らは樹海を知っていて、あまり良い印象を持っていないようだ。

「静まれ！」

サスケがネズミ達を一喝する。

ネズミ達は一斉に口を閉ざし、フロアに静寂《せいじゃく》が戻った。

そしてサスケは僕に、樹海を知っている理由について教えてくれた。

「実は我々は五十年前、樹海からピラミッドに移住してきました。つまり、樹海は我々の故郷なのです。と言っても、もう当時の生き残りはおらず、今の我々は口伝《くでん》で移住した事情を知るのみなのですが」

ちょっとびっくりしたけれど、僕は頷きながら話の続きを聞く。

「かつて我が種族は樹海で、いつの間にやら棲み着いた強力なアンデッドに捕えられ、実験体にされていました。ある時、先祖達はそのアンデッドの目を掻《か》い潜《くぐ》り、命からがら逃げ出すことに成功しました。ですが、もはや戻れる場所もなく、樹海を出てここに辿《たど》り着《つ》いた次第です。我々は元々、戦鼠《ワーラット》という誇り高き樹海の魔物でした。しかし、そのアンデッドの実験で屍鼠《ゾンビラット》に変異させられたのです」

マジか……樹海怖っ！

（トト、変異って、種族変異ってこと？　進化なら分かるけど、変異もあるんだ？）

《はい。種族をアンデッドにするといった変異は、吸血鬼のように一部の高位な魔物には可能です。樹海のアンデッドにはそれができないため、科学的に実現する方法を研究していたのかもしれません》

（なるほど、ありそうだね。それで、この世界には吸血鬼もいるのか）

トトと会話して状況を整理し、サスケに問う。

「皆が驚いていた理由は分かった。それで、どうする？　行くのやめておく？」

僕がみんなの意向を確認すると、サスケはすぐに答える。

「いえ、我々はジン様の配下。喜んでお供させていただきます」

そう言って、サスケはネズミ達の方を向いて話しはじめた。

「皆の者、いいか、よく聞け！　ジン様が進まれるであろう覇道《はどう》を前に、死霊の賢者《リッチ》ごときで怖気づいてどうする？　ジン様は手始めに樹海を攻略し、支配下に置くおつもりだ。あの樹海だぞ？　死霊の賢者《リッチ》を超える魔物など、一体や二体の話ではない！」

「っ！！？？　なっ、何言って……」

僕が焦って誤りを正そうとするのにも気づかずに、サスケは演説を続ける。

「ついに先祖の恨みを晴らす時が来たのだ！　死霊の賢者《リッチ》はジン様の邪魔こそすれ、協力することなどはあり得ない。早々に始末し、ジン様の覇道の第一歩としようではないか！」

僕は樹海に向かうと言っただけで、覇道がどうとか樹海を支配下に置くとか、そんな物騒《ぶっそう》なことは言っていない。

サスケには僕がどういう風に見えているんだろう……

やれやれと思い、僕は訂正しようと改めてサスケに声をかける。

「ちょっと待って、サスケ……」

僕が言い終える前に、今度はネズミ達が「そうだそうだ！」「やってやるぞ！」「死霊《リッチ》の賢者など
バラバラにしてやる！」などと、威勢良く盛り上がる。

……まぁ、ここで水を差すのもなんだし、後からサスケにはよく言っておこう。

僕は空気を読んで諦めた。

サスケは満足したのか、ネズミ達を煽《あお》るのを終え、僕の方に向き直った。

その表情はなんとも満足げだ。

(そういえば、ネズミ達って砂漠を渡れるのかな？　太陽がギラギラ照りつけているけど。僕は着ている服で肌を隠して頑張るつもりだ。ダメージがゼロになるわけではないだろうけど、【再生】もあるから、多分耐えられるし、ヤバかったら、【闇霧《シャドウミスト》】で体を覆って行けばなんとかなると踏んでいる。見た目ヤバいけどね)

「一応確認だけど、皆は砂漠を渡れるの？　樹海までどのぐらいあるか分からないよ？」

僕が念のため聞くと、サスケは冷静に答える。

「おそらく、全員が無事に辿り着くことはできないでしょう。ですが、それも覚悟の上です」

呆れたな。全員生きて辿り着くつもりがないなんて。何を言っているのか。

「サスケ、それはダメだ。そんなんじゃ、君達を連れて行けないよ」

僕がそう言うと、サスケは慌てる。

「な、なぜでしょう⁉」

「全員が必ず生きて辿り着く準備ができていないなら、認められないよ。覚悟はその後だ。君がリーダーなら、全員の命に責任があるはずだよ」

ちょっと冷たい言い方になっちゃったけど、そこは理解していないとまずい。

「お、おっしゃる通りかと思います。ですが、いったいどうすれば良いのか……」

困り果てた様子でサスケが呟く。そっか、どんな準備をするべきか見当もつかないのか。

僕は少し助言することにした。

「本当は仲間同士で知恵を出し合って、解決する案を考えるのが大事だと思う。それでも答えが出ない場合は僕に聞いてもらうのが一番良いんだけど、僕はもう行かなきゃならない。だから先に最低限必要なことは伝えておく」

僕はネズミ達の顔を順々に見ながら続ける。

「まずは太陽の光から全身を守るための装備を手に入れること。一番必要なのはローブかな。第四階層の死霊《レイス》が良いローブをドロップするから、狩りまくって全員分用意する。魔素も吸収できるだろうから、強くなれて一石二鳥だ。ローブは人型だから、サスケ以外は加工するなりして身につけてね。そして、砂漠には強い魔物がいるらしい。せめてそいつらから逃げられるくらいの強さがないといけない。第五階層にハムモンっていうピラミッドの門番がいるから、装備を整えた後は、その人に教えを請《こ》うといいよ」

「ハ、ハムモン様ですか⁉　なんと、恐れ多い……」

サスケはハムモンを知っているらしい。まぁ当然か、多分偉い人だもんね。

でも、そんなに恐縮するほどの人かな？　多分今も五階で寝ていると思う。

「結構気さくに話をしてくれるよ？　とりあえず、ジンから紹介されたって言ってみて」

僕はそう言って、鋼鉄製のグレートソードをサスケに渡した。

「この大剣と『この武器なら壊れないと思うよ』っていうメッセージを伝えてくれれば、証明になると思うから」

いらないからハムモンにあげるわけじゃないよ！

「そうして準備ができたら、僕を追いかけてきてくれると嬉しいな。みんなが無事に着いてくれたら、全員に名前をつけるよ。あっ、希望者だけね！」

僕はそう約束した。すると、サスケが言う。

「承知しました。なるべく早くジン様に追いつきますので、くれぐれもお気をつけください」

「うん、ありがとう。じゃあ、そろそろ行くよ」

僕は体が露出《ろしゅつ》しているところがないかしっかりチェックし、ピラミッドを出る準備をする。サスケは入り口まで来られないので、ここでお別れだ。

「見送りは大丈夫だから、後は頑張ってね。じゃあまた！」

サスケとネズミ達に別れを告げる。

「「「お気をつけて！」」」

そんな声を背に、僕はピラミッドの入り口に向かった。その間、僕はトトに話しかける。

「トト、一旦ここでさようならだけど、僕は成長してきっと【初期指導《チュートリアル》】を変化させてみせるよ！」

《はい。その日を心待ちにしております》

そうトトは返事をしてくれる。僕が最後の挨拶をする。

「それじゃあ、また」

《はい、マスター。それではまた》

その声を聞いてから僕は、充実した日々を過ごしたピラミッドを飛び出したのであった。

名前：ジン（転生者）　種族：還魂者《レブナント》　総合評価値：8210
体力：575　魔力：601　筋力：563　知力：582
素早さ：472　器用さ：441　運：590
共通《コモン》スキル：初期指導《チュートリアル》（トト）Lv1　言語理解Lv2　鑑定Lv3　収納Lv2　罠検知Lv2
全属性耐性Lv3　痛痒耐性Lv3　精神耐性Lv3　魔法Lv3　剣術Lv3
身体強化Lv2　物理障壁《フォースバリア》Lv2　魔法障壁《マジックバリア》Lv2
種族《スピーシーズ》スキル：不死《アンデッド》Lv2　悪食《ビザールフード》Lv3　悪息《ヴェノムブレス》Lv3　再生Lv3　状態異常耐性Lv3　暗視Lv2
使役Lv2　生命吸収《ドレインタッチ》Lv2　即死《デス》Lv2
武技：死突《デススタブ》　死舞《ロンド》　閃斬《スラッシュ》
初級魔法：火球《ファイアボール》　水弾《ウォータバレッド》　風刃《ウインドカッター》　岩槍《ロックランス》　小回復《ヒール》　闇霧《シャドウミスト》

中級魔法：烈火球《バーストファイア》　大氷柱《アイシクル》　旋風刃《ウォルウィンド》　大地牙《アーススパイク》　聖浄光《ホーリーライト》　重力球《グラビティボール》

加護：不死の騎士《アンデッドナイト》

装備：真銀製《ミスリル》のロングソード　死霊のローブ　砂漠の民の貫頭衣《かんとうい》　砂漠の民の下服《ズボン》
　砂漠の民のブーツ　砂漠の民の手袋

名前：サスケ　種族：鼠人《ウェアラット》（アンデッド化）　総合評価値：４６１０
体力：２３７　魔力：２１１　筋力：２１０　知力：２６３
素早さ：３５１　器用さ：３０５　運：２８４
共通《コモン》スキル：念話Lv２　言語理解Lv２　罠検知Lv２　全属性耐性Lv１　痛痒耐性Lv１
　精神耐性Lv１

種族《スピーシーズ》スキル：不死《アンデッド》Lv1　悪食《ビザールフード》Lv1　再生Lv1　暗視Lv2　状態異常耐性Lv2　毒牙Lv2
　　　　　　爪術《そうじゅつ》Lv2　隠密《おんみつ》Lv1　致命《ちめい》Lv1

加護：不死の兵卒《アンデッドポーン》

装備：鋼鉄製のロングソード　死霊のローブ　忍者風の服

第二章　森の中にも不死者がいました

「あれっ、どっちに行けばいいんだろ？」

ピラミッドを出た僕は、途方《とほう》に暮れていた。

うん、樹海の行き方を聞き忘れた。

南の方らしいけど、そもそもどっちが南か分からない。太陽の位置で方角を確認しようにも、空を見上げた瞬間に焼け焦げて消滅するだろう。

いや、そもそもこの世界の太陽って、前世と同じように東から上り西に沈むのか？　それすらも不明だ。

でも、今からサスケとかハムモンに聞きに行くのは恥ずかしくて無理だ。

どうしよう……

何かを探す時は、やっぱり高いところに上るのが基本だ。

よし、ピラミッドのてっぺんから探そう！

ということで、【身体強化】を駆使して一番上まで上がる。

周りを見回すと……あった！　ピラミッドの入り口がある方角だ。

かなり遠いが、いかにも樹海という感じの鬱蒼《うっそう》とした森が広がる場所が見える。

でも、【身体強化】なら一日で着くな、きっと。

そんな目算を立て、早速砂漠を進みはじめる。

ブーツのおかげか、砂の上でも歩きにくいということはない。

太陽の光がローブの生地を少し通り抜けるからか、皮膚が痛い。しかし、熱や痛みには耐性があるし【再生】も持っているので、この程度なら全く問題ないな。

よし、走ろう。走らないとさすがに二、三日はかかるだろうから、ちょっとヤバいかもしれない。

ハムモンにもらった肉とワインがまだまだあるけど、少し心もとない。

あっ……でも、魔素さえあれば水も食料もいらないんだったか。

そうして僕は、樹海を目指して走りはじめたのだった。

◆

時は少し遡《さかのぼ》り……樹海の北東部に位置する小さな村。

そこに住む馬人族《ウェアホース》の戦士達は、今日も周辺の調査を終えて、その結果を報告するべく族長のもとへ向かっていた。

その族長は三人の従者と共に、日課である村の見回りの最中だった。

戦士達は族長の姿を見つけると、すぐさま駆け寄る。

「デメテル様、ただいま戻りました！」

デメテルと呼ばれた馬人族《ウェアホース》の女性は、頭から生えた長い耳をひょこひょこ動かすと、絹糸のように白く細い髪をなびかせて振り向いた。

「ご苦労様でした。皆さん無事で良かったですわ」

デメテルは、ほっとした様子で微笑む。

「はっ！　早速ですが報告いたします。樹海の各地に出没しているというアンデッドですが、村の周囲には一体もおりませんでした」

「なるほど。それは朗報です」

「……ですが、近くに住む豚人族《オーク》に話を聞いたところ、彼らの仲間の村がアンデッドの軍団に滅ぼされたというのです」

「な、なんですって……？」

デメテルの顔がみるみる青ざめていく。

「デメテル様、お気を確かに」

従者の一人で金髪の女性がデメテルの肩に手を触れ、声をかける。

「ありがとう、ソフィア。それで、その村はどちらにありますの？」

「ここから西に二十キロほど離れたところです」

「てことは、こっちに来るとしてもまだ時間はあるか。ま、来たら来たで返り討ちにしてやるさ！」

今度は赤髪の従者が威勢よく言うと、最後に緑髪の従者も同意を示す。

「うん、マリナの言う通り。私達はアンデッドなんかに負けない」

それを聞いて、ソフィアは呆れた表情で二人を窘める。

「ちょっと、マリナもエヴァも、相手がどのような存在かすら分からないのに、適当なことを言わないでくれるかしら？」

「そうですわね。どちらにせよ、まずは人数を増やして警戒を強めましょう。万が一アンデッドの軍団が攻めてきたら、その時は作戦通りに動くのです」

「「「はっ！」」」

デメテルの言葉に、全員が力強く返事をする。

戦士達が警戒の任に戻ると、デメテルは従者と共に見回りを再開した。

村の中央を走る大通りを進みながら、道行く人や仕事中の人に声をかける。

何か問題は起きていないか、足りないものはないか、それを把握するのが見回りの目的だ。

「あっ、デメテル様！　見てくださいよ、これ！」

ふいに前方から声をかけられ、そちらを見ると、立派な根菜を両腕に抱えた若者が立っていた。

根菜はオレンジ色が鮮やかで、随分品質が良さそうだ。

「デメテル様のおかげで、ついにカロートが収穫できたんすよ！」

若者の顔から笑みがこぼれる。

しかし、すっと背後から現れた年配の男に拳骨《げんこつ》で殴られ、一転して彼の顔は苦悶《くもん》に満ちたものへと変わった。

「いってぇ！　何すんだよ、親父!?」

「バカ者！　デメテル様になんて口の利き方だ！　デメテル様、うちの息子が大変失礼しました。お前も謝れぇ！」

「ひぃ！」

その父親が深く頭を下げると、息子も慌ててそれに倣った。

「うふふっ、いいのですよ、トマス。それよりも、カロートの栽培が成功して本当に良かったですわね？」

「はい。こいつが言うように、本当にデメテル様のおかげです。デメテル様が冒険者稼業で得たお金で種や農具を買ってくださらなければ、こんな大成功はありませんでした」

「いいえ、皆さんの努力の賜物《たまもの》ですわ。本当は私にもっと力があれば、皆さんに苦労をかけずに済むのですが……」

「な、何をおっしゃいますか⁉　私達こそもっとお役に立たなければならないのに……主《あるじ》が一番働いているなど、馬人族《ウェアホース》の一員として、これほど不甲斐《ふがい》ないことはありません」

恐縮した様子のトマスが否定するが、デメテルは首を横に振る。

「いいえ。私がもっと強ければ、もっと賢ければ、これほど過酷《かこく》な樹海で、苦しい生活を強いるようなことはなかったでしょう。そんな私に付いてきてくれる皆さんには感謝しかありませんわ」

「いやいや、ですから――」

「ストーーーップ！」

デメテルとトマスの終わりそうもない会話にマリナが割って入る。

「このくだり、前もやりましたから！」

「あら、そうでしたか？」

「うん。だからもうおしまい」

デメテルが声の方に目を向けると、エヴァが真剣な面持ちで直立したまま両手をビシッっとV字に掲げていた。

「……ぷっ、それはなんですの？」

「おしまいのポーズ。今考えた」

自信に満ちた顔つきのエヴァに、皆がくすくすと笑い、その場の空気が和《やわ》らぐ。

「デメテル様、そろそろお時間です。早めに冒険者ギルドへ行って、良い依頼を見つけましょう」

ソフィアに促《うなが》され、デメテルが頷く。

「分かりましたわ。それじゃあ行ってきますわね、トマス。少しの間、村を頼みますわ」

「はっ！　デメテル様もどうかお気をつけて！」

トマスの返事に頷くと、デメテルと三人の従者は早速村を出発した。


村から東に位置する最も近い人族の街エデッサに到着すると、デメテル達はすぐに冒険者ギルドへ向かった。

全員がフードを深く被り、特徴的な耳を隠すことを忘れない。

まだ早い時間だからか、掲示板には相当数の依頼書が貼り出されていた。

「今日もありますわね、テディボアの討伐依頼。あれにしましょう」

テディボアは猪型の魔物で、可愛らしい外見に反して凶暴な性格のため、近隣の村を襲っては農作物に被害を及ぼしている。

とはいえCランクに分類され、同じくCランクの冒険者であるデメテル達にかかれば、それほど危険な相手ではない。

マリナが掲示板から依頼書をはがして受付で手続きを済ませると、彼女達は早速討伐に向かった。

◆

いつも通り討伐を終えたデメテル達は、解体したテディボアをギルドに納品して、報告を終えた。

「随分早く終わりましたね。別の依頼も受けますか？」

ソフィアがデメテルに確認する。

「普段ならそうするところなのですが、何か胸騒ぎがしますわ……今日はもう村に戻りましょう」

その言葉に、マリナとエヴァが頷く。

「デメテル様の予感は当たるからな！　そうしましょう！」

「うん、帰ろう」

ギルドの受付職員から報酬を受け取り、デメテル達はすぐに村へと戻った。

村付近まで戻ってきたデメテル達は、目の前の光景に呆然とする。

なんと、無数の魔物が村に侵入し、家や畑を破壊しているではないか。

よく見ると、体が腐敗した魔物や、骨が剥き出しの魔物ばかりだ。

「ま、まさか、もうアンデッドの軍団が⁉」

「まずいぞ！　デメテル様、すぐに助けに向かいましょう！」

デメテル達は互いに目を合わせて頷くと、一斉に村へと駆け出した。

村に入ったものの、中には戦士や村人の気配がない。

だが、これは作戦通りだ。

もしアンデッドの軍団が攻めてきた場合、村人は村の最奥にある建物に逃げ込み、戦士とデメテル達がそこを守りながら敵を迎え討つ作戦になっていた。

その建物は普段デメテルが生活する家なのだが、一階の広いフロアは集会所として利用されていた。族長の家だけあって、村で最も堅固《けんご》だ。

破壊を続けるアンデッドには目もくれず、デメテル達は全速力で村の中央を駆け抜ける。

最奥の建物に到着すると、入り口の周りに群がっているアンデッドの姿が見えた。

そして仲間の戦士達がその侵入を防ごうと、懸命に戦いを続けていた。

アンデッドの群れに一番乗りで飛び込んだのはマリナだ。

背負っていたロングソードを抜き放ち、腕力に任せてアンデッドを薙ぎ払っていく。

それに続き、デメテルはレイピア、ソフィアは弓矢、エヴァは木製の杖でアンデッドにダメージを与えていく。

魔物はDランクの屍人戦士《ゾンビウォーリア》や骸骨戦士《スケルトンウォーリア》が中心であり、彼女達の敵ではない。

しばらくして、敵を全滅させることに成功した。

「皆さん、無事ですか⁉」

デメテルは戦士達に駆け寄り、心配そうな面持ちで問いかける。

「た、助かりました！　村人達も全員無事です！」

「そう、良かったですわ……」

「ですがデメテル様、このアンデッド共は普通じゃありません。倒しても倒しても、すぐに復活してくるのです！」

「ん、なんだって？　それはどういうことだ？」

マリナが口にした疑問に答えるかのように、先程倒したはずのアンデッド達が続々と立ち上がってくる。

「信じられない⁉　どうなっているのよ⁉」

「意味不明」

ソフィアとエヴァの背中に冷たい汗が流れる。

「デ、デメテル様、村人達はすでに次の作戦に移っています。トマスの指示のもと裏口から避難を開始しているはずです。この場は我々に任せて、デメテル様もお逃げください！」

「いいえ、それではあなた達が危険です。私も戦いますわ！」

「デメテル様……」

デメテル達は再び戦闘を開始する。

その時、突然戦場に不気味な声が響いた。

「なんだ、まだ終わっていないのか。やはり意思のないアンデッドというのはまるで使い物にならないな」

「あ、あれは……」

新手かとデメテルが声の方へと目を向けると、明らかに格の違う禍々しい魔素を放つアンデッドが姿を現した。

「まさか……死霊の賢者《リッチ》!?　なぜこんな場所に!?」

死霊の賢者《リッチ》とはアンデッドの上位存在であり、Ａランクの冒険者パーティーですら苦戦するという化け物だ。

デメテルは想定外の事態に愕然とする。

それを面白がるように、死霊の賢者《リッチ》が声をかける。

「んっ？　コソコソと裏から逃げようとしている者達がいるな。この俺が大事なモルモットを逃すと思ったか？」

「ど、どうして……⁉」

「くっくっくっ、浅知恵よな。その程度、誰にでも予想できる。ついでに、俺には【気配察知《けはいさっち》】のスキルもある。誰がどこにいるのかまでお見通しよ」

「で、でも、みんなすでに逃げはじめています！　たとえあなたでも間に合いませんわ！」

デメテルの言葉を聞き、死霊の賢者《リッチ》が肩を竦《すく》める。

「やれやれ、誰にでも予想できると言っただろう。なのにそのまま放っておくと思うか？」

「まさか……」

「ぎゃぁぁぁぁあああ⁉」

村の裏手から叫び声が響く。仲間の声だ。

「くっ！　マリナ、ソフィア、エヴァ！　私達でみんなを助けに向かいますわ！」

「「はっ‼」」

「バカめ、行かせるか」

死霊の賢者《リッチ》が何やら詠唱すると、頭上に複数の氷柱が現れた。

その氷柱は途轍もない速度で宙を駆け、鋭《するど》く尖った先端がデメテルの目前に迫る。

「えっ？」

その瞬間、デメテルの前に馬人の戦士が現れ、彼女を庇《かば》った。

ドスッ、ドスッ。

鈍い音と共に、彼の胸に氷柱が深々と突き刺さった。

「ぐふっ！」

戦士が口から血を吐き、地面に倒れる。

「きゃああ⁉」

「ちっ、邪魔をしおって」

再び死霊の賢者《リッチ》は魔法の詠唱を開始する。

すると、残りの戦士もデメテルを守るべく、死霊の賢者《リッチ》の前に立ちはだかった。

「デメテル様！　お急ぎください！　村人達をお願いします！」

「っ！　……わ、分かりましたわ！」

悲壮《ひそう》な顔で頷くと、デメテルは従者と共に村の裏口へ走り出した。

後方から、魔法が発動するたびに、悲鳴と人の倒れる音が聞こえる。

デメテルは頬《ほお》を伝う涙を手で拭《ぬぐ》いながら、振り返ることなく全力で駆け続けた。

村の裏口に到着すると、男達が必死でアンデッドから仲間を守っていた。

デメテルと従者は一斉に攻撃を仕掛け、二十体ほどのアンデッドの群れを次々と斬り伏せていく。

「デメテル様！」

「トマス！　酷い怪我……遅くなってしまってごめんなさい……」

「何をおっしゃいますか、これくらい平気です！　おかげ様で全員無事ですから！　さあ、作戦通り避難場所へ向かいましょう！」

「いいえ、皆さんは先に逃げてください」

「え？　デメテル様はどうされるのです⁉」

「このアンデッドはまた復活します。私達が食い止めるので、トマスは皆さんをお願いします」

「な、なんと……⁉　承知しました、お任せください！」

トマスは仲間達に指示を出し、すぐに避難を開始した。

しかし、アンデッド達は続々と立ち上がり、再び村人に狙いを定める。

「このままでは危険ですわ。別の場所に誘い出しましょう」

デメテル達はわざと軽い攻撃を加えて敵の注意を引きつけ、そのまま村人から離れた場所へと敵をおびき寄せる。

「はぁ、はぁ、こ、ここまで来れば安心でしょうか？」

「そうですわね。もう十分でしょう」

肩で息をするソフィアにデメテルが頷く。

「くっ、きっつぅ！　あとはもう少し時間を稼げば、みんな逃げられますね！　よぉし、もう一踏ん張りするかぁ！」

「ふぅ、ふぅ。うん、頑張ろう」

マリナとエヴァも、もう一度気合いを入れ直す。

しかし、体力は限界に近づいているようだ。

アンデッドは休むことなく後を追いかけてくる。

今のところアンデッドの攻撃から身を守ることはできている。しかし復活するアンデッドを倒しきることができない。

デメテルは先ほどから抱えていた不安を吐露《とろ》する。

「アンデッドだけでも詰みの状況なのに、死霊の賢者《リッチ》まで出てきてしまいました。今は逃げられたとしても、避難場所が敵に見つかれば一巻の終わりですわ。一体どうすれば良いのでしょう……」

「……誰かに助けを求めるのはいかがですか？」

ソフィアの進言を聞いたマリナは、苛立たしげに問い返す。

「はぁ？　誰にだよ？」

「……ハムモン様」

エヴァの呟きに、デメテルは息を呑む。

「それは良いアイディアですわ！　以前砂漠でお見かけした時は災害級の砂漠鰐《デザートカイマン》を素手で屠《ほふ》っておられました。きっと死霊の賢者《リッチ》など、敵ではありませんわ！」

「ですが、二つ問題がございます。一つはピラミッドに住んでおられるというハムモン様にダンジョンを攻略してお会いできるかどうか。もう一つはお会いできても私達を助けていただけるかどうかです」

ソフィアは慎重な姿勢を崩さないが、マリナとエヴァはデメテルの背中を後押しする。

「そんなの、行ってみなけりゃ分かんないぜ？」

「うん、試してみる価値ある」

「そうですわね。このまま逃げているだけでは先がありませんわ。急いでピラミッドに向かいましょう！」

デメテルは希望の光を目に灯《とも》し、力強い口調で決心を口にした。

しかし、従者達はお互いの顔を見合って頷くと、デメテルに言う。

「私達はここに残ってアンデッドを足止めします。デメテル様はお行きください」

「ソフィア⁉　何を言っているのです⁉」

「デメテル様、アタシ達はもう走ることができません。このままじゃ、デメテル様の足手まといになるだけです。どうか先に行ってください！」

「ここは私達に任せて」

「マリナ、エヴァも……わ、分かりましたわ。みんな、絶対に死なないでくださいね！」

「はっ！　デメテル様もどうかご無事で！」

デメテルは頷くと、北の砂漠大陸にあるピラミッドを目指して走り出した。

◆

樹海を抜けると、目の前に広大な砂漠が広がっている。

強い日差しが砂漠の砂に反射して眩《まぶ》しい。

デメテルは馬人族《ウェアホース》中でも彼女だけしか使えないスキル【獣化《じゅうか》】によって、馬の姿に変身していた。

このスキルは使用中、魔力を消費し続ける代わりに、身体能力が跳ね上がる。

力強い走りでデメテルは砂漠を駆け抜ける。

途中、寝ている砂漠鰐《デザートカイマン》の近くを通る際は慎重に足音を忍ばせ、砂漠蠍《デザートスコーピオン》は速度で振り切った。

そのまま一時間は走っただろうか。前方にうっすらとピラミッドの姿が見えてきた。

もう少しで到着できる。

デメテルは意気揚々《いきようよう》とさらに速度を上げる。

だが注意が足りなかったのか、砂漠鰐《デザートカイマン》が寝ているのに気づかず、音を立てて近くを走り抜けてしまった。

それに反応して、砂漠鰐《デザートカイマン》が飛び起きる。

デメテルを視界に捉えると、凄まじい速度で追いかけてきた。

俊足《しゅんそく》を誇るデメテルだが、砂漠では砂漠鰐《デザートカイマン》の方が速度は上回る。

いつしか追いつかれ、横に並ばれてしまう。

砂漠鰐《デザートカイマン》が巨大な尾を振り回す。

それを跳んで避けたデメテルは、着地すると再び走って逃走を試みる。

それに対し、砂漠鰐《デザートカイマン》は砂漠に潜り込むと、デメテルの前に姿を現した。

これ以上逃げるのは不可能。

だが、砂漠という不利な環境での戦闘は命取りだ。とはいえ、デメテルには戦う以外に選択肢がない。

彼女の命をかけた決闘が始まった。

デメテルの蹴りを主体とした攻撃が、硬い相手にほとんど効果がない一方で、相手の攻撃を受けると着実にダメージが蓄積する。

絶体絶命の状況だ。

しかし、仲間の命がかかっている。負けるわけにはいかない。

戦いを始めてしばらくすると、前方から普人によく似たシルエットがデメテルの方に向かって歩いてくるのが見えた。

ハムモンではないが、この砂漠を徒歩で横切るなど、かなりの実力者ではないだろうか？

このままではとても砂漠鰐《デザートカイマン》に勝てるとは思えない。

もし声が届く範囲に来たら、恥を忍んで助けを求めよう——そう心に決めた、デメテルの目には、再び希望の光が宿るのだった。

◆

ピラミッドを出て樹海を目指していた僕は、照りつける太陽から逃れるためにフードを目深《まぶか》に被り、砂漠を駆けていた。

しばらくすると、前方に砂煙が巻き上がる場所が見えた。

なんだろう？　こんなところで砂嵐とかだったら命にかかわりそうだな……

迂回《うかい》したいが、どこまで行けば避けられるかも分からない。そのうち方角を見失って迷ってしまうかもしれない。

僕は仕方なく砂煙の中を突き進むことにした。

「とりあえず行ってみるか。ヤバそうなら戻ればいいや！」

砂煙の中に足を踏み入れるとすぐに、動物の鳴き声のようなものが聞こえてきた。

「ガウウウゥ！」

「ヒヒーン！」

鳴き声は二種類あって、別々の生物のものらしい。

さらに近づくと、その声の主達が戦っているのが分かった。

「ガウウウゥ！」と唸っているのは、大きな鰐だった。五メートル以上はある。

ハムモンが言っていた砂漠鰐《デザートカイマン》だな。

砂漠鰐《デザートカイマン》は時々砂の中に潜っては相手の背後から飛び出して噛みつこうとする。砂漠のフィールドを活かしきっている。

対する「ヒヒーン！」と鳴く声の主は馬だ。真っ白で綺麗な毛並みをしている。体長は二メートルくらいかな。

馬は敵の攻撃を察知して素早い動きで避け、硬い蹄《ひづめ》で蹴りを入れている。強みはやはりその脚力のようだ。

砂煙は彼らが暴れているから発生していたらしい。砂嵐じゃなくて良かった、かな。

地の利がある分、鰐の方が有利そうだ。

馬は鰐の噛み付き攻撃を避けているけど、そこから連続してくる尻尾の攻撃は避けきれないことがある。それに、どうも馬の攻撃は鰐にあんまり効いてないみたいだ。砂に潜って避けられているし。

僕は部外者なので、迷惑をかけないようしっかり距離を取って、走り抜けることにした。

ところが、馬はそんな僕の存在に気づいたらしい。

敵の攻撃を避けながら、チラチラこちらを見ているような気がする。器用なやつだ。

何か言いたげだが、僕はそれを無視して全力で駆け抜ける。

ある程度離れて少し安心していたら……何を思ったか、馬が「ヒヒーン！」と鳴きながら、僕の方に駆け出した。

いやいや、どういうつもりだよ？　そんなことをされたら僕も鰐に狙われるじゃないか！

見ると、鰐もこっちの方に凄まじい勢いで向かってきている。

ほら、やっぱり！

僕もかなり足は速くなっているはずだが、砂漠ではまるで敵《かな》わない。逃げ切るのは無理だな。

そう判断した僕は、足を止めて鰐の方を向いた。

馬は僕を少し追い抜いた後に止まった。僕に対して敵意はないようだから、こちらは後回しだ。

指を二回鳴らして、鰐の下に【大地牙《アーススパイク》】を出現させた。

十本の硬質な砂の槍が、鰐の腹に突き刺さる。

鰐の体はかなり高くまで持ち上げられているものの、まだ倒せていない。「ガウウウゥ！」と鳴いて上で暴れている。

僕はすぐ指を鳴らして【大地牙《アーススパイク》】を解除し、鰐を空中に放り出すと、今度は【大氷柱《アイシクル》】をイメージして指を三回鳴らす。

三十本の氷柱を鰐の下に作り出し、腹に狙いを定めて撃ち出した。

腹ばかり狙うのは、鰐の背中を覆う皮膚はハムモンの攻撃が通らないほど硬いからだ。僕が使える魔法じゃあ、どれも効かないだろう。

全ての氷柱が命中し、串刺しになった鰐が落ちてくる。

どうやら倒せたようだ。魔素が僕に流れ込んできた。

この鰐って、僕の獲物だよね？　ほぼ僕だけで倒したようなものだし。一応確認するか。

僕は馬の方を向いて話しかけた。

「この鰐、僕が貰ってもいいかな？」

馬は僕の顔を見ると、なぜかビクッとしたが、すぐに「ヒヒン！」と返事をする。

なんて言ったか分からない。

【言語理解】じゃ会話できないのかな？　ただ、ブンブン頷いていたから、もらっちゃおう。

僕は鰐に触れて、まるごと【収納】した。

【収納】は僕が成長するにつれて拡大しているらしい。今やテニスコート二面分はありそうなほど広い。それに、時間停止の性能もついているので、腐敗する心配はない。

僕は馬に「それでは！」と言い残し、再び樹海に向かって走りはじめる。

馬は「ヒヒヒン！」と鳴いていたが、よく分からなかった。「それじゃ！」みたいな意味かな？

いやぁ……しかし、鰐がゲットできたのって、正直ラッキーだったなぁ。だってこの鰐、凄く美味いから。もう何体か狩りたいよね。

砂漠を走りながら周りをきょろきょろ索敵し、一応獲物探しも忘れない。

すると、かなり先だが、左前方に何かいるような気配があった。でも姿は見えない。この気配はなんだろう？

その気配の真横ぐらいまで来ると——やはりいた。砂漠鰐《デザートカイマン》だ。砂に体を埋《うず》め、背中だけ出して休んでいるようだ。

お休みのところ悪いけど、倒させてもらおう。

樹海に着いても食料が得られない可能性があるから、機会があるうちに蓄えておく必要がある。

僕はさっきと同様のやり方で鰐を倒し、【収納】した。

必ず美味しくいただきます！


再び走りながら、僕は魔法での戦いについて考えていた。

指を鳴らすことで、魔法の発動時間を短縮できた。

でも一度に何度も使おうとすると、その回数分指を鳴らさなくてはならない。これ、凄く不便だ……

もっと強い魔法を覚えればいいのかもしれないけど、すぐには無理だろう。教えてくれる人がいないしね。

何か良い手を考えなきゃなぁ。

思案しながら索敵していると、また先程感じた気配のようなものが、今度は後ろから迫ってきていた。

ただ、今度のやつはあまり嫌な感じがしない。なんだろうと振り向くが、距離が離れていて姿が見えない。

諦めて前を向き直し、再び進む。

すると右前方に気配を感じる。三つくらいか？　こっちは嫌な感じがする。その真横まで来ると……でかい蠍《さそり》が三体いた。

うげっ！　何あれ⁉

お互い向き合って何か話でもしているみたいに見える。そっと通り過ぎようと思ったけど、気づかれてしまったようだ。全員がこちらを見た。

直後、蠍達が一斉に僕の方に向かってきた。

でかい蠍とか怖すぎだろっ！

【鑑定】してみると――

〔砂漠蠍《デザートスコーピオン》。砂漠のハンターで、三人一組《スリーマンセル》での戦闘が得意。弱点は水属性〕

チームで狩りをするタイプの魔物か、賢そうな敵だ。

僕は前を向いて走りながら、三体のうち一番後ろにいる蠍の気配を狙って、【大地牙《アーススパイク》】をイメージして指を鳴らす。

蠍は硬い檻に捕まり、身動きができなくなったようだ。気配が動かなくなっている。

他の二体は相変わらず、こちらを追ってきている。

僕は足を止めて振り返り、【収納】から真銀《ミスリル》の剣を取り出した。

まだ十メートルは離れているが、片方の蠍が止まり、その尻尾からマシンガンのように何かを飛ばしてきた。

「うぉ!?」

予想外の動きに焦ったが、僕は大きく横に飛び跳ねてそれを避けた。

反応が遅れたせいか、足に何発か当たってしまう。

見ると、ブーツに細長い針が刺さっていた。

いつの間にか、もう一体の蠍が僕に近づいていた。素早く尻尾を伸ばし、その鋭利な先端を突き刺そうとしてくる。

僕はその攻撃を見極め、剣を右に払って弾こうとするが――

「へっ？」

スパッと尻尾をぶった切ってしまった。

豆腐でも切ったかのような感覚に僕は驚く。

蠍は尻尾から緑の体液を流し、「ギャァァァー！」と悲鳴を上げた。

その間、もう一体の蠍もすでに僕の近くまで迫っていて、尻尾で突き刺そうとしてくる。

しかし、その攻撃はもう見た。僕は難なくこれを躱して間合いに入り、上段に構えて【閃斬《スラッシュ》】を放つ。相手の胴体は真っ二つだ。

尻尾が切れている方の蠍は、今度は両手のハサミで連続攻撃を仕掛けてくる。

これもしっかり見極めて剣で払っていると、それだけでどちらのハサミも破壊することができた。

攻撃が止《や》んだタイミングで、僕は腰を落として【死突《デススタブ》】を放つ。目にも止まらぬ速さで突き進む切先が敵を貫いた。

どちらも命が尽きていることを確認し、最後に檻で囲んだ蠍の方に向かう。

指を鳴らして檻を解除した瞬間、【大氷柱《アイシクル》】を五本撃ち出す。

氷柱は全て命中し、その蠍も倒すことができた。

すると、あの声が聞こえた。

〔【気配察知Lv2】を習得しました〕

おっ!? さっき突然気配を感じられるようになった気がしたけど、スキルになった! ラッキー!

蠍は随分簡単に倒せたなぁ。結構硬そうだったのに、剣で払ったらスパッといったよ。

もしかして僕、結構強くなっているのか?

ちなみにこの蠍はどうするか。食べられるのかな? 一応、一体は【収納】に入れて、残りは【悪食《ビザールフード》】で吸収しようっと。

そうして蠍を処理していると、後ろから追ってきていた気配の主が僕に追いついてきた。よく見ると、さっきの白い馬だ。

何か用かな? 申し訳ないけど、僕の【言語理解】じゃ言葉が分かんないんだよね。

その馬は僕の目の前まで来ると足を止めた。そして突如全身から光を放つと……なんと、一人の女性へと変化した。

身長は僕よりもやや低いくらい。頭部以外の全身をローブで覆っている。

白く艶《つや》やかなストレートの髪が、背中まで長く伸びている。

そして頭のてっぺんからは二本の馬の耳が生えている。

突然変身するから、驚いたじゃないか!! まだドキドキしているよ!

馬だったその女性は、意志の強そうな大きな目でこちらを見ると、綺麗な所作で深々と頭を下げた。

「先程は砂漠鰐《デザートカイマン》に襲われているところを助けていただき、ありがとうございました」

「って、喋れんのかいっ!」

さっき「ヒヒーン!」って鳴いていたじゃん! どうなってんの!?

「私は馬人族《ウェアホース》のデメテルと申します。先程は気が動転しており、私達の種族だけが分かる言葉で話してしまいました。謝罪いたしますわ」

なるほど、そういうことね。【言語理解】さんを疑っちゃった、すまん。

サスケ達もそうみたいだけど、同じ種族だけが分かる言語的なものがあるんだね。

それで、【言語理解】ではその言葉は分からないみたいだ。じゃあ、今僕が話しているのは共通

語みたいな感じ？

　ちなみに助けたっていうか、敵をなすりつけられて、対処せざるを得なくなっただけなんだけど……この人、結構ちゃっかりしているぞっ！

　まぁ、僕くらいの紳士になると、そんなことは大目に見てあげるわけだが。さっき面倒そうだから無視した引け目も、少しだけある。

「いやいや、とんでもない。わざわざそれを伝えに来てくれたの？」

　僕が質問すると、デメテルが答える。

「いえ、本当に危ないところを救っていただいたので、何かお礼ができないかと、後を追ってまいりました。ただ大変申し訳ないのですが、今はご恩に見合うものは何も持っておりません。せめて貴方様の種族かお名前と、どちらに向かわれるのかだけでもお聞きすれば、いつかお礼ができるかと思いまして……」

　律義《りちぎ》な人だな。なんか、雰囲気も高貴な感じだ。

「あぁ、お礼とかは全然大丈夫！　名前はジン、行き先は樹海っす！」

　僕がそう言うと、デメテルは驚いた様子を見せる。

「そっ、そうですか。不躾《ぶしつけ》な質問なのですが、なぜ樹海に？」

「冒険ですっ！」

僕が素直に答えると、デメテルは唖然《あぜん》としてこちらを見た。

むむっ？　こやつは知らないのか、冒険は男のロマンだということを！

しばらくして、気を取り直した彼女は言う。

「しっ、失礼しました。少し言っている意味が分からな――いえ、呆れてものが言えな――いえ、驚いて言葉が出ませんでしたわ。冒険、ですか……樹海は普通、名のある魔物でも入るのを避けるほど危険な場所とされていますので……また冒険者の間では、『小鬼《ゴブリン》でさえ間違っても足を踏み入れない』とまで言われているそうです。あっ、小鬼《ゴブリン》っていうのは、頭があまり良くない生物のたとえですわ！」

言われなくとも分かるわっ！　それに、何か最初の方大分酷いこと言っていたぞ！

「そっ、そうなんだぁ、色々情報ありがとう！　まぁ、僕はしぶといから、なんとかなるかな」

僕はアンデッドだから小鬼《ゴブリン》よりしぶといし、死ぬ前に逃げることくらいできるだろう。最悪、死んでも【不死《アンデッド》】があるしね！

僕がそう言うと、デメテルはさらに続ける。

「……そうですか。実は私、樹海からこちらに参りましたので、状況に詳しいのですが、やはり今は行かれないことをお勧めしますわ」

「へぇ、そうだったんだぁ。今は、ということは、何か起きているの？」

「はい。今樹海の北部では、突如アンデッドの大軍が出現し、手当り次第に人や魔物を蹂躙しています。私達の種族も攻撃を受けたばかりです。抵抗はしたものの勝算がないことが分かり、退却を決断しました。ですが、逃げてばかりもいられません。追ってくる敵を仲間が食い止めている間に、私はあるお方に助けを求めるべくこの砂漠へ出て来たのです」

「えっ、そうなの⁉　それは災難だったねぇ。仲間達が無事だといいけど……しかし困ったなぁ。ハムモンも、そういう事情を教えてくれればよかったのに」

僕の言葉を聞き、デメテルが目を見開いた。

「い、今なんと⁉」

「しかし困ったなぁ？」

「その後です！」

「ハムモンも？」

「そこですわ！　ハムモン様をご存じで⁉」

凄い形相《ぎょうそう》でデメテルが聞いてくる。

「まっ、まぁ、知り合いかな？　凄く親切にしてもらったから、恩人でもあるね」

「そっ、そうでしたか。随分親しいご様子ですわね……かの軍勢の方々以外にも、そのような存在がいたなんて……」

最後の軍勢云々は独り言みたいであんまり聞こえなかった。

なんか、ハムモンって有名人なのかね？　まぁ、凄くいい人だし、男気ありそうだし、強そうだしな。そう聞くと、ただのイケメンだわ。

感心していると、デメテルは覚悟を決めたような眼差《まなざ》しを僕に向ける。

「先程助けていただいたばかりで恐縮なのですが、ジン様の強さを見込んで、お願いがございますわ！　今敵に襲われている私達の仲間を助けていただけないでしょうか!?　私が助けを求めようと考えていたお方とは、武神と名高いハムモン様なのです……ですが、今の私では砂漠を渡れても、ピラミッドを上ってハムモン様のもとに辿り着くなど、奇跡に近いというのが本音《ほんね》です。もちろん相応のお礼はいたします！　どうか、どうかお願いいたしますわ!!」

そう言って、彼女は深々と頭を下げる。

ハムモンって武神なの!?　まぁ、それは置いといて。

お礼とかはそんなにいらないんだよねー。ただ、ちょっと可哀想《かわいそう》だなと思う。樹海から居場所を奪われる感じが、サスケ達となんか被るし。

サスケ達がこんな状況だったら、僕は速攻で助けに行くだろうな。役に立てるかは分からないけど、あいつらはもう他人と思えないから。

いや、今はサスケの話よりも、僕がどうしたいかだ。

これから、冒険、探検、旅、観光、グルメ、気の合う友を作ってワイワイ騒いだり、家を建てて静かに暮らしたり、そんな楽しい日々を過ごしたいと思っている。

この世界で、誰かに邪魔されて生きていきたくない。できるだけ自由に生きたい。

なのに、そのアンデッドの大軍のせいで、僕が探検したい樹海に入れないだと？

僕の邪魔をしないならスルーだけど、邪魔をするなら話は別だ。

だいたい、そいつらが僕だけそっとしておいてくれるわけない。

うん、敵だな。はい、敵認定しました！

「僕は樹海を冒険したいんだ。そして、できればちょっとした住める場所なんかも確保したい。近々仲間達も合流する予定でね。そのアンデッドの大軍とやらは僕達の存在を認めないだろうから、多分敵対すると思う。だから、君達が僕らに力を貸してくれるなら、僕らも君達を助ける。これは交換条件だ。どうだろう？」

僕が伝えると、デメテルは嬉しそうに顔を輝かせる。

「なんと！　ぜひともお願いいたします!!　皆様が住むのに適した場所を、必ずお探ししてみせます！　もちろん、食べ物や飲み物の確保、住居の建築にも協力しますわ！」

おっと、そんなに助けてくれるの？　あざーす！

「よし、じゃ早速君の仲間達を助けに行こうか！」

「はいっ‼」

デメテルはまた馬に姿を変え、僕達は全力で樹海へと駆け出した。

樹海に向かっている最中に、なぜハムモンのことを知っているのか聞いてみた。

「ハムモン様は非常に有名なお方です。大昔のことではありますが、この大陸を支配していた大魔王様の軍団の一つ、不滅《イモータルズ》の軍勢の将軍を務めていたお方でして、武という面では、右に出る者はいないと噂《うわさ》されています。実は、しばらく前に、樹海と砂漠の境界付近で、これまで見たことがないほどの巨大な砂漠鰐《デザートカイマン》と、一騎《いっき》討《う》ちで戦っておられるのを拝見したことがございます。その時の戦いぶりたるや、凄まじいものでした」

デメテルは熱っぽくその時の様子を語る。

「ハムモン様がお持ちだった武器は敵にどんどん破壊され、もはや絶体絶命かと思われました。しかしハムモン様は、不意に相手の尻尾を掴むと、とてつもない力で敵を持ち上げ、右へ左へと地面に叩きつけ、捻じ伏せてしまわれたのです！ まるで巨人族《ギガンテス》の如き膂力《りょりょく》でした。今でも思い出すと、畏怖《いふ》の念が込み上げてきますわ」

えー⁉ ハムモンってそんななの⁉ なんか凄いやつじゃん‼

あと、巨大な鰐を振り回したって、ありえねー‼

彼とは今後も良好な関係を築いていこう！ 僕は心の中で固く誓った。

◆

そして、ついに僕達は樹海に到達した。

まさに樹海と呼ぶにふさわしい威容《いよう》。

途轍もなく高い木々が無数に生えていて、その先端は全く見えない。

高い木々の足元にはさらに別の低木が生え、樹海の緑をより一層濃くしている。

いや、緑だけではない。紫やらオレンジやらの、毒々しい色をしたツル状の植物も目に入る。

巨大なウツボカズラみたいなやつも生えている。

樹海ってこういう感じかぁ！

ちょっと舐《な》めていたわ……想像を超える規模だ。

普通に入るだけでも危険なんだ。デメテルが言っていた通りだ。

まぁ、それはそれで楽しみかな！

と、僕はこれから始まる冒険に心を弾ませる。

樹海に足を踏み入れると、湿気を含んだ生暖かい空気が僕の肌に触れた。

無数に生える木々のおかげで日陰ばかりだが、かなり暑い。

熱帯雨林みたいな感じかな。

ついでに、植物が鬱蒼としているせいで、なかなか歩くのが難しい。

【気配察知】を使うと、樹海の中から大小様々な気配が感じられる。

ただの植物かと思っていたものから反応が出ることもあり、なかなか心臓に悪い。

森の奥からかなり大きい反応があるのでそちらを見ると、何やら巨大な影がガサガサと動いているようだ。

うん、あっちに行くのはやめよう。

「ジン様、私の従者三人が最も危険な状況なので、まずはそちらへ向かいたいのですが、よろしいでしょうか？　先程まで一緒にいたので、きっとまだ無事ですわ！」

デメテルが真剣な声音《こわね》でそう訴えた。

「ああ、もちろん。案内してくれる？」

「はい、こちらですわ！」

彼女は力一杯駆け出して、僕を先導した。

樹海は歩ける場所が狭いから、馬の状態だと進むのに苦労するんじゃないかと思ったけど、相当慣れているらしく、彼女はスピードを落とさずにスイスイ進んでいく。

器用だなぁと思いつつ、僕は【身体強化】を駆使してデメテルの後を追いかける。

しばらくして、従者達と別れたという場所に着いた。

植物が荒々しく踏み潰されたり切り倒されたりしていて、明らかな激闘の痕跡《こんせき》があった。しかし従者の姿はおろか、敵の気配もない。

倒れた植物を観察すると、血痕が付着しているのが分かる。

それを見て、デメテルの顔がみるみる青ざめていく。

「そんな、どうなっているのでしょう……まさかもう……？」

「いや、待って。血の痕跡はあっちの方に続いているみたいだ」

「ほ、本当ですわ！」

【気配察知】でその方角を探ると、複数の気配に取り囲まれた三人組の気配を見つけることができた。

「たくさん気配を感じるよ。ただ、三人の気配はかなり弱々しいかも。急ごう！」

「はい！」

今度は僕が先を進む形でその気配の方に急ぐ。

その場所へ近づくにつれて、金属が激しくぶつかる音と誰かの会話が聞こえてくる。

「ぐっ、コイツらを足止めできればアタシ達の勝ちだ！　二人とも、踏ん張れよ！」

「分かってるわ！　でも、いつまで続ければいいのかしら⁉　そろそろ限界よ！」

「うん。きつい」

会話の内容からすると、かなり危険が迫っているらしい。声の方へ急ぐ。

その場へ到着すると、体のあちこちが傷つき血を流しながらも懸命に戦う三人の馬人族《ウェアホース》の姿があった。彼女達は骸骨戦士《スケルトンウォーリア》や屍人戦士《ゾンビウォーリア》の攻撃を武器で受けたりかわしたりしながら耐え凌《しの》いでいる。

しかし、それで精一杯の彼女達に、さらなる敵が襲いかかった。二メートルを超える体躯の骸骨《スケルトン》が現れ、手に持つ巨大な戦斧《せんぷ》を振りかぶる。

「くそぉ！　こんなもの、止められん！　デメテル様、すみません！」

「どうぞご無事で」

「あとはよろしく」

三人がそれぞれ末期《まつご》の言葉を口にする。

骸骨《スケルトン》の戦斧が、凄まじい威力で周囲のアンデッドを巻き込みながら迫る。

ついにその刃が三人の首に届こうするが……

それを僕は許さない。いつも以上に足へ魔力を流し込み【身体強化】の効果を高める。そして足を踏み込み、一気に三人の前に立った。

ガギィン！

金属音が響き渡る。

戦斧の刃は既《すんで》のところで、僕が持つ真銀《ミスリル》の剣に止められた。

「……えっ？」

「みんな！　無事ですの!?」

「デメテル様……？」

「どういうこと？」

デメテルは三人に近づくと、【獣化】を解いて強く抱きしめる。

「無事で良かったですわ！」

目に涙を浮かべてデメテルが喜ぶ。

しかし、状況が呑み込めないらしく、従者達は呆気に取られている。

ふうっ、とにかくみんな無事で良かった。あとはコイツらを始末するか。

【鑑定】で調べてみると、でかい骸骨《スケルトン》は骸骨狂戦士《スケルトンバーサーカー》という名前らしい。

骸骨戦士《スケルトンウォーリア》の進化系とのこと。

二メートルを優に超える巨体。骨格は骸骨《スケルトン》より太くて力強く、動きも速い。

その骸骨狂戦士《スケルトンバーサーカー》は、僕を敵と見るや素早い動きで接近し、頭上に構えた斧《おの》を振り下ろした。

僕は目一杯力を込めた腕でその攻撃を受ける。一瞬勢いが止まった気がするが、見事に失敗して、腕がきれいに斬り落とされた。

「ジ、ジン様⁉」

デメテルが心配そうに叫ぶ。

「ああ、大丈夫大丈夫！　実験でーす！」

そう、強くなったし、生身で受け止められるかなぁなんて思ったけど、全然無理だった。

まったく、トトのなんでも試してみる癖《くせ》がうつっちゃったよ……とか、人のせいにしてみる……

地面に落ちた腕は、ぎこちないながらもひとりでに動き、すーっと浮き上がると、元の場所にくっついた。

【再生】スキルのおかげだ。

その様子を見て、従者の三人が顔を引きつらせる。

「なっ⁉」

「元に戻った⁉」

「化け物」

そこまで驚かれると結構傷つく。確かに化け物だけど……

さてと。

僕は手を前方に突き出し「【聖浄光《ホーリーライト》】！」と叫ぶ。

目が眩《くら》むほどの光が辺りを包み、骸骨戦士《スケルトンウォーリア》と屍人戦士《ゾンビウォーリア》の群れは消滅した。

骸骨狂戦士《スケルトンバーサーカー》は全身が焼け焦げているが、まだ動けるらしい。ダメージのせいで力が入らないのか、戦斧を引きずって、こちらに近づいてくる。

「せ、聖魔法までお使いに……？」

デメテルの驚愕する声が聞こえる。結構珍しいのかな？

骸骨狂戦士《スケルトンバーサーカー》は渾身《こんしん》の力を込めて戦斧を振り回す。今度は【物理障壁《フォースバリア》】を発動して、腕で受け止めてみる。

すると障壁を傷つけられることなく攻撃を弾き返すことができた。

その衝撃で一瞬動きが止まった相手の首を狙い、僕は真銀《ミスリル》の剣を横一閃。骸骨狂戦士《スケルトンバーサーカー》の首はゴトッと音を立てて地面に落ちた。

「これで終わりかな？」

「まだだ！　そいつは復活するぞ！」

赤髪の女性が僕に向かって警告した。

僕は再び武器を構える。

しかし、相手は一向に起き上がってくる気配がない。

「これ、どのぐらい待つ感じですかね？」

僕が質問すると、金髪の女性が自信なさげに答える。

「もうすぐだと思うのですが……」

「うん。そろそろ」

緑髪の女性もそう言って頷く。

再び敵の復活を待つが、やはり状況は変わらない。

【気配察知】でも気配が完全に消えているし……やっぱり完全に倒したのでは？

「これって、もう死んでない？」

「そのようね」

「聖属性の攻撃なら倒せる？」

「確かに、ありそうだな」

僕が問うと、全員が納得した様子で頷く。

しかし従者達はハッと気を取り直して武器を構え、すぐさまデメテルを守るように僕の前に立ちはだかる。

「デメテル様！　この魔物は一体何者です⁉」

「どう見てもアンデッドではありませんか⁉」

「うん。完全に化け物」

露骨に警戒する三人を、デメテルが窘める。

「お待ちなさい！　この方――ジン様は、私の命の恩人！　無礼な態度は許しませんわ！　控えなさい！」

三人は驚愕の表情を浮かべたものの、すぐにデメテルの後ろに下がると、膝をついて頭を下げる。

「し、しかし……これは一体どういうことです⁉」

驚きを隠せない様子で、赤髪の女性がデメテルに説明を求めた。

「先程言った通り、ジン様は私の命の恩人ですわ。それにジン様とは、樹海での生活が上手くいくよう私達がジン様へ協力する代わりに、私達を敵から救っていただくという協定を結んでおりますの。あなた達も先程ジン様に命を救っていただいたばかりでしょう？」

「それはそうですが、アンデッドなど信じられるのですか？　今現在私達がアンデッドに苦しめられているというのに……」

今度は金髪の女性が疑問を投げ掛けた。確かにその通りだ。

「アンデッドであることなど関係ありませんわ。ジン様はちょっと変わったところもおありですが……凄い方ですわ！」

あっ、誤魔化した！

変わっていると思われていたんだ、僕……

「ハムモン様は、ダメだった？」

最後に緑髪の女性が質問した。

「砂漠には到着しましたが、魔物との戦闘もあり、そこからピラミッドを上りきる力など残っていませんでした。奇跡を信じてそのままハムモン様のもとに向かうという選択肢もありました。しかしそれよりも、そのお知り合いであり圧倒的な強者でもあるジン様にご協力いただくべきと考えたのですわ。そして、ジン様との出会いこそが奇跡であったと、先程の戦いが証明しています」

あ、圧倒的な強者……？　いつからそうなった!?

耳を疑うような言葉だったが、それに金髪の女性が頷く。

「……なるほど、承知しました。ジン、様。この度は我々馬人族《ウェアホース》の長デメテル様、並びにその従者である我々をお助けいただき、感謝いたします。そして先ほどからのご無礼、心から謝罪いたします」

金髪の女性が僕に頭を下げると、他の従者もそれに倣う。

ふーん、やっぱりデメテルって偉い人だったんだな。

「いやいや、アンデッドって魔物だし、当然です。全然大丈夫！」

「ジン様、ありがとうございます！」

僕の言葉に、デメテルが感謝の意を示し、仲間の方を振り返る。

「マリナ、ソフィア、エヴァ。みんなが無事で本当に良かったですわ！」

そう言って、デメテルは笑みで顔を輝かせる。

だが、従者達の顔は暗い。

「デメテル様。力不足で役に立てなくてすみません」

「主を危機に晒すとは、従者失格です。どうお詫《わ》びすればいいか」

「ごめんなさい」

三人は口々に謝罪の言葉を紡《つむ》ぐ。

「何を言っているのです。従者を守れない私こそ、主失格ですわ。でもお互い無事に再会できた。まずはそれを喜びましょう？」

「デメテル様……」

デメテルと従者達は頬を伝う涙を拭い、再会を喜び合う。

何これ、尊い。

「ジン様、すぐに次の目的地へ向かいたいところなのですが、先にマリナ達の傷の手当をしてもいいでしょうか？」

デメテルの問いに頷いて答える。

「もちろん。でも手当って、回復魔法なんかは使わないの？」

「それが、回復魔法を使える者はおりませんし、回復薬《ポーション》もございませんわ。手元にある布で止血ぐらいはできると思いますの」

「そっかぁ。じゃあ、僕が回復魔法を使ってもいいかな？」

「ま、まさか回復魔法まで使えるのですか？　……ぜひお願いしますわ！」

「オッケー！」

全員を一気に回復させるようなことができれば楽なんだけど、そんな魔法は持っていない。

たとえば、【気配察知】で全員の場所を把握して、そこにピンポイントで魔法を発動させれば、似たようなことができるかな。

あと、みんなかなり深手を負っているみたいだ。たくさん魔力を突っ込んで、一気に回復したいな。

まずは【気配察知】でみんなの場所を把握してっと。

次にそのポイントから回復魔法が一度に発動するようにイメージする。

よし！

「【小回復《ヒール》】！」

すると、全員の体が淡《あわ》く光るのを確認できた。

おお、上手くいったぞ！　と思ったら、デメテルにまでかけちゃった……

まっ、そういうこともあるよね。
次は魔法の効果の制御だ。
通常の【小回復《ヒール》】で消費する二倍の魔力をつぎ込んでみよう。
あとはデメテルを対象から外してっと。
「【小回復《ヒール》】！」
ふむ、これでもまだ足りないか。
次は三倍！　くっ、四倍⁉　なら五倍でどうだ⁉
「えい！」
全員の体がパァッと発光し、やっと傷が完治するのを確認した。
よぉし！　なんとか成功したぞ！
〔【魔法制御《まほうせいぎょ》Lv２】を習得しました〕
おっ？　新スキルきたー！
その名の通り、魔法のコントロールが可能になるスキルらしい。なんか良さそうだな。
あと、魔法も何か覚えたような気がする。
ステータスを見てみると、中級魔法の欄に【大回復《ハイヒール》】が追加されていた。
魔法が楽しすぎる件。

「終わったよ。じゃあそろそろ――」

「おおおお待ちくださいっ！　い、今のは一体⁉」

デメテルが取り乱した様子で僕に聞いた。

従者の三人もかなり混乱した表情をしている。

「魔法を一度に複数発動させたぞ⁉」

「まさか、今の魔法は【大回復《ハイヒール》】……？」

「なんか色々おかしい」

「そんなに変だった？　スキルと魔法を上手いこと使って、なんか良い感じにしただけなんだけど」

「絶対端折《はしょ》って説明されていますわ！　もっとも、細かく教えていただいたところで、私には分からないでしょうけど……」

よく気づいたな。なんかデメテルがさっきよりも疲れた顔をしている気がする。

「アンデッドなのに、その弱点である聖魔法を使うなんて前代未聞《ぜんだいみもん》じゃないかしら……」

金髪の女性の言葉に、他の二人が頷く。

「剣術も相当のもんだったぞ？」

「ジン様、やるな」

褒められた。

「いやいや、そうでもないよ」

僕が首を横に振ると、デメテル達もなぜか首を横に振る。

全員が首を横に振る謎の状態だ。

「……もういいです。そういえば、従者達の紹介がまだでしたわ」

デメテルはぐったりしながらも、三人の従者を紹介してくれる。

赤い短髪の女性がマリナ。少しボーイッシュな雰囲気だ。大きめの剣で戦っていたから、剣士かな。

金色でロングヘアの女性がソフィア。少し大人びた雰囲気がある。弓矢を背負っており、さっきはナイフも使っていた。

緑髪でボブの女性がエヴァ。他の二人よりも背が低く、そのせいか少し子供っぽい印象がある。杖を持っているので魔法使いかと思ったが、普通に打撃で戦っていた。

「これからよろしくね。じゃあ、早速次の場所に向かおう」

「はい、ジン様。では、私達の村に参りましょう。一番初めに敵の軍団に襲われた場所ですわ。村人達は全員、私達が襲われた時のために準備していた避難場所へ逃げているはずですが、逃げ遅れた者がいるかもしれませんので」

「分かった。その避難場所の方は安全なの？」

「はい。同じ種族の者でなければ辿り着けないように工夫していますの。きっと安全ですわ」

村はここからそれほど遠くないらしい。

僕達は急いでその場所へと向かった。

村へと続く道はまさに獣道といった感じだ。

地面から生える植物が踏み倒されていて道に見えなくはないけれど、僕みたいな素人は多分気づけない。簡単に迷子になるだろうなぁ。

しばらくして、デメテル達が足を止めた。どうやら到着したらしい。

そこは以前、村だったのだろう。

しかし、今は廃墟と言った方が相応《ふさわ》しい。

背の高い木製の柵が広い範囲を囲っていたと思われるが、あちこちが折れたり倒れたりしていて、その役目を果たしていない。

今僕達が立っているのは村の正面入り口だ。

そこから村の中央をまっすぐに走る大通りがあり、その脇には木や藁《わら》のような植物で組まれた簡素な家が立ち並んでいる。

だが、どの家も破壊されており、見る影もない。

家の裏手には家庭菜園だろうか、畑が見えるが、ぐちゃぐちゃに踏み荒らされている。
酷いものだ……
変な言い方だけど、随分丁寧に破壊しているなぁ。
そういう指示でも受けているのか？
そんなことを考えていると、【気配察知】に反応があった。村の奥からだ。
そちらには、一際《ひときわ》大きな家が見える。
あれっ、家の前に結構な数の魔物がいるな。あいつら、家を壊してないか？
デメテルもそれに気づいたらしく、声を張り上げる。
「ジン様！　まだ敵がおりますわ！　仲間が戦っているかもしれません！」
そう言って、彼女は従者と共に駆け出した。僕もその後を追う。
大きな家の前に着くと、魔物達が斧や槌《ハンマー》で家を破壊しようとしていた。
またしても骸骨戦士《スケルトンウォーリア》と屍人戦士《ゾンビウォーリア》の集団だ。二十体はいるかな。
デメテルと従者は、勢いそのままにその集団に突っ込んだ。
デメテルはレイピアで敵を斬り倒す。従者達も各々の武器で攻撃を仕掛けていく。
すると、ものの五分で相手を全滅させてしまった。
みんなかなり強いな。っていうか、僕の出番なくない……？

拍子抜《ひょうしぬ》けしていたら、倒れたアンデッドがカクカクと動き出して、再び立ち上がった。

「なるほど、こういうことか。確かに厄介だな」

僕がそう呟くと、デメテルが叫ぶ。

「はい！　何度倒してもこうなってしまうのですわ！」

「よし、僕に任せてくれ！」

やっと来ました、僕の出番。

さて、聖魔法と聖属性の武器が効果的なのは、さっき試して分かった。

それと通常の物理攻撃は効果がないのも、デメテル達が証明してくれた。

あとは、他の属性魔法かな。

前世でプレイしたゲームでは、水、風、地のどれもアンデッドにはあまり効果がなかった。

でも火は効く場合が多かったよな。試してみよう。

「みんな、下がって！」

僕の声に反応し、デメテル達は敵との距離をとる。

せっかくだし【魔法制御】も使ってみよう。

僕は指をパチンと弾く。

数は敵に合わせて二十、サイズはサッカーボール大に制御した【烈火球《バーストファイア》】を生み出した。

それを敵目掛けて一気に放つ。

炎の球は敵に着弾するとボッ！　と燃え上がり、次々と焼き尽くしていく。

地面に残ったのはアンデッドの灰だけだ。

「さて、復活するかな？」

「……いえ、さすがにここから復活はないと思いますわ。だって、ほぼ何も残っておりませんもの……」

デメテルの言葉通り、少し待っても燃えかすは動かない。

「ジン様、ヤバすぎるぞ！」

「まるで高位の魔法使い、いや、聖魔法まで扱う魔法使いなど、いるのかしら……？」

「やっぱり色々おかしい」

マリナとソフィアとエヴァが、褒めているような引いてるような言葉を発する。

「これがジン様なのですわ。さっ、家の中に誰かいないか、確認しましょう！」

気を取り直したデメテルが、そう言って中の様子を見に行く。

従者達もそれについて行った——と思ったが、そのうちの一人が残ってこちらを見上げている。

エヴァだ。

「あれ、君は行かないの？」

「うん。そんなに人はいらない」

確かに大人数で探すほど大きな家ではないか。

……

………

…………

「……僕に何か言いたいことでもあるのかな？」

何も喋らずにエヴァがずっと僕を見上げているので、我慢できずに聞く。

「うん。ジン様、私に魔法を教えてほしい」

「魔法？　でも、突然どうして？　さっきは頑張って戦っていたように見えたけど」

「ううん。マリナとソフィアは優秀な戦士だけど、私はそうじゃない。だから全然役に立ってない。私は魔法の方が得意なはず。でも使えない」

「ちょっと【鑑定】してもいいかな？」

「うん」

エヴァを【鑑定】すると、確かに【魔法】スキルを持っていた。でも習得している魔法の欄が空っぽだ。

教えてほしいってことは、これまで学ぶ機会に恵まれなかったのだろうか。

「分かった。僕で良ければ教えるよ」

「本当？」

エヴァの表情はそんなに変わってないけど、目が輝いている。

「なんの魔法がいいかな？　やっぱりアンデッドにも効くし、仲間も回復できる回復魔法にしようか」

「【大回復《ハイヒール》】？」

「いや、ただの【小回復《ヒール》】。いきなりは難しいよ、きっと」

「うん、分かった」

上を目指そうという精神は評価する。

僕は、以前トトから教えてもらった魔法に関する知識をエヴァに伝えた。

その後、魔法はイメージが大切だからと、何度か使ってみせた。

「理解した」

エヴァは自信に満《み》ち溢《あふ》れた様子でそう言うと、地面に魔法陣を描いたり詠唱をしたりと、練習を始めた。

すでに魔法陣は光って反応を示しているし、手のひらから光が出たりしている。

あれ？　確かトトは魔法一つ覚えるのに一、二ヵ月かかるって言っていなかったっけ……？

それから数分して、デメテル達が戻ってきた。

「誰も家の中におりませんでしたわ！　きっとみんな避難場所へ逃げたのだと思います」

「そっか、ひとまず被害が出ていなくて良かったね！」

「はい。ただ、一つ疑問がありますの。村を襲ったアンデッドの中にとても強力な個体がおりました。そしてそのアンデッドの魔法により、仲間の一人が間違いなく殺害されました……ですのに、その者の遺体がどこにもないのです」

デメテルは目を細めて俯く。

「えっ？　埋葬したとかではなく？」

「いえ、そのような時間はありませんでした」

「じゃあどういうことだろう？」

人が殺害されたってだけでも結構ショックなのに、その遺体が消えたなんて、ミステリー小説の世界にでも足を踏み入れた感覚だ。

「ま、まさか敵に食われたとか……？」

マリナの呟きに、デメテルが顔を青くする。

確かに、僕の【悪食《ビザールフード》】みたいなスキルを持ったやつがいれば、遺体が消えてもおかしくないか。

「どちらにしても、私達の想定外のことが起きているかもしれませんわ。すぐにでも避難場所へ参りましょう！」

「そうだね。デメテルの仲間達が心配だ」

従者達も頷いて賛意を示す。

「ところで、先程からエヴァは何をしていますの？」

少し離れたところにいたエヴァを見て、デメテルが質問した。

「ああ、魔法の練習だよ。エヴァが魔法を覚えたいって言うから、空いた時間で魔法を教えていたんだ」

「まあ！　ジン様、ありがとうございます！　でも、そろそろここを出なくてはなりませんわね……」

デメテルの言葉が聞こえていたのか、エヴァは練習をやめてこちらに近づいてきた。

何やら自信満々の様子。まさか……

「魔法覚えた」

両手を腰に添えて胸を反らせドヤ顔をするエヴァ。

マジで？

「ほ、本当ですの⁉」

「まさか、うっそだろう？」

デメテルとマリナが驚愕の表情を見せ、ソフィアは呆れた様子でエヴァを諭す。

「普通魔法というものは一つ覚えるのに一、二ヵ月かかると言われているのよ。まったく、エヴァったら、冗談も休み休み――」

「〈柔らかな清光が汝《なんじ》を癒す。【小回復《ヒール》】〉」

「「「!?」」」

エヴァの手から【小回復《ヒール》】が発動し、ソフィアを癒す。

続けてエヴァはデメテルとマリナにも【小回復《ヒール》】をかけた。

「これは、体力が回復した!?」

「確かに疲れが取れたような……？」

「エヴァ！　あなた、なんて素晴らしいのでしょう！　天才ですわ！」

めっちゃ褒めるね、デメテル。

彼女はエヴァの頭をよしよししながら、感極まった様子で言う。

「まるであなたのご両親を見ているようですわ……」

エヴァの顔はさらにドヤ度を増す。

すると今度は、エヴァが僕に向かって――

「ジン様にも。〈柔らかな清光が汝を癒す。【小回復《ヒール》】〉」

パァァァ…

その直後、癒しの光が僕に降りかかる。

「あっつ!? 何をするんだエヴァ!? 僕を殺す気か！」

火で焼かれたような痛みが全身を襲う。

くっ、これが聖魔法を受けたアンデッドの苦しみか！

「ちゃんと効くか確認。ジン様は実験台。殺さない」

そう言って、エヴァが屈託のない笑顔を見せる。

「エヴァ!? あなた何してるの!?」

デメテルが先ほどとは一転し物凄い形相で怒る。

ナイスだ、デメテル！ 怒られろ、エヴァ！

「ジン様はアンデッドです！ 普通の人とは違うの！ 調子に乗って誰にでも魔法を使ってはいけません！」

デメテルは小さい子供に説教をするように怒る。

それはグッジョブなのだが……「普通の人とは違う」は悲しい。

僕が聖魔法とは異なるタイプの痛みに身を焦がしていると——

「エヴァがあんな笑顔をするなんてな」

「そうね。それに悪戯《いたずら》をするなんて気を許した相手だけじゃないかしら」

マリナとソフィアがそんなことを言っている。

悪戯であれはやりすぎだ。まぁ、嫌われていたわけじゃないみたいだし、いいか。

「申し訳ありませんでした、ジン様」

「ジン様、すまん」

デメテルが深々と頭を下げて謝り、エヴァはいつもの無表情で謝罪の言葉を口にする。

「いやいや、大丈夫だよ。すぐ回復するしね。じゃあ早速出発する？」

「はい、そうしましょう！」

デメテルが先を進む形で、僕達は馬人族《ウェアホース》の避難場所へと急いだ。

◆

避難場所への道は、もはや獣道でさえなかった。

周囲と同様、植物が鬱蒼と茂る場所を、デメテル達は迷いもせずに駆けていく。

道すがら、デメテルにどうやって進んでいるのか聞いたところ、大きめの木に馬人族《ウェアホース》にしか分からない目印がつけてあり、それを頼りに進んでいるらしい。

でも僕にはどれが目印か識別できないし、見つけたとしても、印の意味が分からなそうだ。

しばらく移動すると、前方にかなりの数の気配を感じた。

百程度の気配が固まっている場所があり、その周囲を別の気配が囲んでいる。前者は馬人族《ウェアホース》で、後者は敵の気配だろう。敵も同じく百程度はいるようだ。

さらにそこから離れた位置に、大きな気配が一つある。

「デメテル、どうやらもう敵に囲まれているみたいだ」

「そんな!? なぜ秘密の避難場所が敵に知られているのでしょう!?」

「なんでだろう……あと、一際大きい気配の敵がいるんだけど、何者かな？」

「きっとそれは先ほどお話ししたとても強力な個体ですわ。おそらく死霊《リッチ》の賢者だと思います」

「へぇ、死霊《リッチ》の賢者ねぇ」

「どうやら敵の軍を指揮している存在で、私達の仲間の命を奪った仇ですわ。ジン様は死霊《リッチ》の賢者をご存じで？」

「うーん……実は、僕の仲間も死霊《リッチ》の賢者の被害に遭っていてね。そいつと同じ個体かは分からないけど」

サスケが言っていたやつと同じなんだろうか。

どちらにせよ、馬人族《ウェアホース》を滅ぼそうと攻撃を仕掛けてくるぐらいだから、まともじゃない。

ここで倒せるなら問題解決な気がするけど、サスケ達も恨みを晴らしたいかな。

でも、逃しちゃったら意味がない。

みんなには悪いけど、できるだけ倒す方向でいこう。

「よし。じゃあ先を急ごう」

「はい！」

僕達はさらに速度を上げて、気配の方向に近づいた。

ついに現場へ到着すると、中心部の避難場所と思われる場所に無数の魔物が群がっていた。屍人《ゾンビ》や骸骨《スケルトン》が中心だが、強敵である骸骨狂戦士《スケルトンバーサーカー》も何体か交ざっている。

魔物達は避難場所を守る木製の柵を破壊しようとして、斧や槌《ハンマー》を振り下ろす。

柵はかなり太い木の幹を地面に突き刺す形で並べて造られており、しかもそれが二重になっているので、かなり強固だ。

にもかかわらず、すでに外側の柵はあちこちが切り倒されたり引っこ抜かれたりして、壊されている。

魔物達の攻撃はすでに内側の柵にまで及んでいた。

すると中心部から馬人族《ウェアホース》のものと思われる声が聞こえてくる。

「あそこを突破されたら中に侵入されるぞ！　今のうちに逃げるか⁉」

「どこから逃げると言うんだ！　それに、たとえ逃げられたとしても、俺達には行く場所なんて……」

「くっ、もう俺達は終わりだ……」

落胆《らくたん》と諦めを含んだ声だ。

「そんなことはありませんわ！」

【獣化】で馬の姿に変身すると、デメテルは従者と共に魔物の集団に飛び込んだ。

「今の声はまさか……デメテル様!?」

声に気づいた村人達が急いで外へ目を向ける。

デメテルは避難場所のちょうど北側で、柵の破壊を試みる魔物に強力な後ろ蹴りを食らわせ、弾き飛ばした。

「私達が皆さんを守りますわ！　だからもう少しだけ頑張ってください！」

デメテルが見守る村人達へそう伝えると、避難場所のあちこちから希望に満ちた歓声が湧く。

「デメテル様が助けに来てくださったぞ！」

その歓声でさらに奮起《ふんき》した様子のデメテル達は、次々と敵に攻撃を仕掛ける。

その間、僕は少し離れた場所で魔物を観察していたのだが、通常の屍人《ゾンビ》だけでなく、別の生物が屍人《ゾンビ》化したと思われる個体もいることに気づいた。

試しに【鑑定】してみると屍豚人《オークゾンビ》という結果。

こういう屍人《ゾンビ》もいるのか。

初めから屍豚人《オークゾンビ》として生まれてきたのか、なんらかの理由で屍人《ゾンビ》に生まれ変わったのか。

デメテル達の方は、二十体ほどいた屍人《ゾンビ》や骸骨《スケルトン》をいつの間にか倒し終え、骸骨狂戦士《スケルトンバーサーカー》との戦いを始めていた。

しかし時間が経つと、倒したはずの屍人《ゾンビ》や骸骨《スケルトン》が続々と起き上がってくる。

あれ、聖属性の魔法を使えば倒せるはずなのに、どうしたんだろう？

彼女達の戦いを見ると、デメテルとマリナが前衛として骸骨狂戦士《スケルトンバーサーカー》の攻撃を捌《さば》き、ソフィアは後方から弓で攻撃を仕掛けている。

そして肝心のエヴァはといえば……隙を見て杖で相手を殴りつけている。

「ねぇエヴァ、なんで魔法を使わないんだ？　このままじゃあずっと倒せないんじゃない？」

僕が問うと、エヴァはしれっと答える。

「もう魔力がないから、魔法が使えない」

「……それ、さっきドヤ顔で魔法連発していたからだよね？」

「その可能性は否めない」

いや、それしか理由はない。仲間達もジト目で見ているぞ。

「じゃあ、これを使ってくれ！」

僕は【収納】から上級魔力回復薬《ハイマナポーション》を取り出し、エヴァとデメテルに投げて渡した。

デメテルも【獣化】で魔力をかなり消費しているだろうから、念のためだ。

【獣化】を解いてそれを受け取った彼女が驚愕する。

「上級魔力回復薬《ハイマナポーション》!?　こんな貴重な物、いただけませんわ!?」

「あ、それ貴重なんだ。でも拾ったものだし、まだ残っているから大丈夫。今はそれどころじゃないだろ？　早く使ってくれ！」

エヴァなんて「ぷはぁ」とか言って、もう飲み干しているし。やる気は凄くあるんだよな、この子。

「分かりましたわ！　このお礼は必ず」

デメテルも一気に飲み干す。そして再び彼女達は戦闘を開始した。

見た感じ、負けている様子は全然ないし、ここは任せて大丈夫だな。

僕は残りの敵だ。東側・西側・南側で柵を破壊しているやつらの相手をしよう。

それにしてもこいつら、僕がいるのに全然気づいていないんだよね。周りに一切興味がない感じ。目にはまるで生気がなくて、死んだ魚のようだ。にもかかわらず、黙々と体を動かし、柵を壊し続けている。

なんか意思がないというか、操られているというか、そんな感じに見えて、少し気持ち悪い。

ま、いいや。

僕が担当する魔物は大体八十体くらいいるから、順番に倒していると面倒だな。一気にいこう。

風魔法で敵を集めてから、炎魔法で焼き尽くすっていうのはどうだろう。イメージしやすいし、【魔法制御】がなんとかしてくれそうだ。

まずはこの魔法だ。

「【旋風刃《ウォルウィンド》】！」

東側・西側・南側の三方で発生した巨大な竜巻は、それぞれが縦横無尽に移動しながら敵を上空へ吹き飛ばし、高速で回転する風の檻に閉じ込めていく。

「お次は【烈火球《バーストファイア》】！」

竜巻の周囲に現れた無数の火球が、次々にその中へ飛び込んでいく。

すると中で、空気を取り込んだ炎がさらに勢いを増して燃え上がる。

二つの魔法はいつしか紅蓮《ぐれん》の竜巻を形成し、「ゴォオオオ！」という音を立て、敵を超高温で焼き尽くしていく。

「おお！　格好良いじゃん！」

しばらく見とれていたが、竜巻は消える気配がない。

……ちょっと焼きすぎじゃないだろうか。

さすがにもう十分だろう。

僕は指をパチンと鳴らして、魔法を消滅させた。

やはり跡形もなく敵は消え去っている。そしていつものように魔素が僕に流れ込んできた。

おっ、新しい魔法が追加されている。

【炎熱嵐《ファイアストーム》】だって。範囲攻撃だし、なかなか便利だな。

さて、デメテル達の方はどうだろう。

さっき復活してきた屍人《ゾンビ》や骸骨《スケルトン》は、今度こそ全て倒されているらしく、地面に伏して動かない。

そして彼女達は今、骸骨狂戦士《スケルトンバーサーカー》との戦いの真っ最中だった。

敵は巨大な戦斧をぶんと振り回してくるが、マリナはロングソードでしっかりそれを弾き返す。力では負けていないようだ。

そのタイミングにデメテルはレイピアで突き、ソフィアは矢を射る。

だが、どちらも骨だらけの骸骨《スケルトン》にはほとんどダメージを与えられない。エヴァの魔法も詠唱が必要になるため、さらに大きな隙がなければ当てることができない。

このまま膠着状態《こうちゃくじょうたい》が続くかと思われたが、そこで戦況が動く。

先に仕掛けたのは敵だった。

「グワァアアア！」

突風の如き咆哮《ほうこう》の後、骸骨狂戦士《スケルトンバーサーカー》は素早い動きで距離を詰め、戦斧を真上に大きく振りかぶると、渾身の力を込めて叩きつける。

これは僕も持っている【剣術】の武技【閃斬《スラッシュ》】だ。

高い破壊力を誇るこの技に、マリナが立ち向かう。

彼女は左手でロングソードの柄を握り、右手を剣身の背に当てて、真上から迫る【閃斬《スラッシュ》】を受け止める。

ガギィン！　と高い金属音が鳴り響いた。

相手の攻撃は目的を果たすことなくマリナの頭上で止まる。

技を放った直後の隙を、デメテルとソフィアは見逃さない。

二人はマリナの後方から飛び出して敵に接近。相手の右膝目掛けてデメテルはレイピア、ソフィアはダガーで同時に斬りつけた。

強烈な斬撃が骨を断ち、膝から下が「バキッ！」と切り離された。

骸骨狂戦士《スケルトンバーサーカー》はバランスを崩して倒れる。しかし、その体はすぐに再生を始めた。

切り離されたはずの足がゆっくりと元の位置に戻り、みるみる癒着《ゆちゃく》していく。

しかしその時間は、エヴァが詠唱を終えて魔法を放つには十分な長さだった。

「〈柔らかな清光が汝を焼き尽くす。【小回復《ヒール》】〉」

エヴァの杖から放たれた光が敵に触れると、その部分が熱を発し焼け焦げていく。

全身が光に包まれて黒焦げになると、ついに敵は力尽き、地面に伏した。

敵の亡骸《なきがら》から魔素が流れ出し、白いエネルギーへと変換されて、デメテル達の体に吸収された。

どうやら人間と魔物ではエネルギーの種類が違うらしい。

僕は直接魔素を吸収しているけど、デメテル達は別の何かに変換されているみたいだ。

「みんな、お疲れ様！　よく頑張ったね。凄い連携だったよ」

僕が声をかけると、デメテルと従者達は皆満足げな表情で頷いた。

「ありがとうございます。おかげで私達も敵を倒すことができましたわ、ジン様」

デメテルは僕にお礼を言うと、続けて質問する。

「それで、先程のは一体なんだったんですの……？」

「先程のって？」

「何やら巨大な炎の竜巻が三つも現れたように見えましたが？」

「ああ、あれ？　見ていたんだ。【炎熱嵐《ファイアストーム》】っていう魔法らしいよ。たまたまやってみたらできたんだけど……あ、もしかして熱かった？」

「いえ、そういう意味では……それよりも、たまたまとは、一体どういう意味ですの？」

デメテルは釈然《しゃくぜん》としない様子で首を傾げる。

「知らない魔法なんだけど、こうなればいいなぁってイメージしたら、その通りにできたんだ。その後、魔法が登録されていた」

「エヴァ、ジン様のおっしゃったことは、普通にできるものですの？」

「理論的には可能だけど、普通はできない。できたら私も魔法が使えてた。ジン様はやっぱりおかしなアンデッド」

僕はおかしなアンデッド……

エヴァに軽くヘコまされる僕をよそに、デメテルは感心した様子だ。

「さすが、ジン様は規格外ですのね……おかげ様で敵を一掃することができたようですわ！」

「う、うん。でも、まだ気配が残っているな」

鬱蒼とした森林にはまだいくつかの気配があり、その中に一際大きいものが存在する。

その気配が、こちらに向かってゆっくりと動き出した。

木々の向こうから、少しずつこちらに近づいてくる。

そして、ついにそれは姿を現した。

濃い灰色に染められた魔道士風のローブに身を包み、細い長杖を携《たずさ》えている。

ローブから覗く頭部や杖を持つ手から、体が骨のみで構成されているのが分かる。

しかし、全身から湧き上がる禍々しい魔素が、ただの骸骨《スケルトン》とは隔絶した存在であることを示している。間違いない。こいつが死霊の賢者《リッチ》だ。

眼窩《がんか》の奥から赤い光がゆらめくと、死霊の賢者《リッチ》はその口を開く。

「弱い」

うんざりしたように吐き捨て、地面に伏した骸骨狂戦士《スケルトンバーサーカー》を睨《にら》みつける。

「あれだけ時間をかけて研究したにもかかわらず、この程度。不滅の軍勢《イモータルズ》に到底及ばぬではないか。

一体何が足りぬというのだ」

死霊の賢者《リッチ》は顎《あご》に手を置くと、何やらぶつぶつと呟いている。

なんだこいつ？

それに、不滅の軍勢《イモータルズ》ってなんだ？

やつは僕達を無視して、完全に自分の世界に入っている。

もしかすると、今って先制攻撃のチャンス？

デメテル達と一緒に仕掛けるか。

そう考えて彼女達に目を向けると、みんな今にも飛びかかりそうなほど怒りに満ちていた。しかし、それとは裏腹に足が小さく震えているのが見える。

……ちょっと難しそうだ。みんなあいつにはかなり酷い目に遭わされたみたいだし。

「どれ、初手は僕が派手にぶちかまそう――」

僕が一歩踏み出すと同時に、死霊の賢者《リッチ》が顔を上げた。

「おっと、すまない。待たせたか？　俺達の研究がまるで上手くいかず、イライラしていてな。どれくらいやれるかの実験にはなったが、期待外れもいいところだ」

やべっ、気づかれた。

今俺達の研究って言ったよな。死霊の賢者《リッチ》は単独で動いているわけじゃないのか？　それに研究ってなんだ？

「へぇ、ところで、お前達は何者なんだ？　お仲間でもいるのか？」

「……口を滑らせたか。俺の名はアルバス。見て分かるだろうが、死霊の賢者《リッチ》だ。実験のためにこんな樹海の端までやって来た物好きだよ。悪いが、俺達のことは秘密にさせてもらおう。次はそちらの番だ。そこの馬人族《ウェアホース》共は先程見たな。仲間を助けに来たといったところか。それで、貴様は何者だ？」

実験ねぇ。

「僕？　僕は……馬人族《ウェアホース》と組んでいるジンだ。種族は秘密、お前を倒しに来た敵だよ」

アルバスは口元を歪める。多少癇《かん》に障《さわ》ったらしい。

「アンデッドの上位種族であるこの俺を前にして、随分と強気だな。屍人鬼《グール》に似てはいるが、人族のようでもある。まさか……？　いや、ありえんか」

アルバスは少し考える素振りを見せたがすぐにやめ、何か不穏な考えが思いついたらしく、赤い目を光らせる。

「まあいい。挨拶は終わりだ。そこの娘達、ちょうど良いところに来たな。先程馬人族《ウェアホース》の戦士を屍人《ゾンビ》化したんだが、そこから先の実験が進んでいない。村人どもが非協力的でな。代わりに貴様らに手伝ってもらうことにしよう」

「なん、ですって……?」

耳を疑う言葉に、デメテルが愕然とする。

「正確には、これから屍人《ゾンビ》になるのだがな。おい馬人族《ウェアホース》の戦士ども、この娘達が餌だ。やれ」

アルバスの声に反応し、森の中から複数の気配が姿を現した。数は十人だ。

戦士の名に恥じない鍛《きた》えられた体つきの男達で、それぞれが武器や鎧を身につけている。

しかし人間には似つかわしくない赤い目と、口から涎を垂れ流す様は、彼らを知らない僕でさえすぐに異常だと判断できる。

「そ、そんな……」

デメテルの雪のように白い肌がさっと青くなり、体から力が抜けてその場に崩れ落ちた。

「「デメテル様!?」」

急いで駆け寄ったマリナ達に支えられながら、デメテルが呟く。

「なぜこの場所が分かったのかと疑問でしたが、彼らに案内させていたからなのですね……？」

「……くっくっくっ。そうだ。この屍人《ゾンビ》どもには、まだ生前の記憶が残っていてな……俺がお願いしたら、快く案内してくれたよ。ただ残念ながら、完全な屍人《ゾンビ》になると、その記憶を失ってしまうのだ。さらに知性も失い、ただの亡者へと成り下がってしまう。先程貴様らが倒した屍豚人《オークゾンビ》のようにな」

「あの豚人族《オーク》もあなたが……？」

「ああ。人様に見せるのも恥ずかしい失敗作だがね」

「げ、外道がぁ！」

「こいつ、許さない！」

「丸焼き確定」

マリナ達従者の怒りは頂点に達している。

それも当然だ。こいつは戦士の命を――いや、人の命を弄《もてあそ》んでいる。

どうやったのかは知らないが、死者を屍人《ゾンビ》にして、自分の支配下に置いた。

そして今、戦士達の意思を蔑《ないがし》ろにして、彼らの長であるデメテルを殺させようとしているのだ。

馬人族《ウェアホース》の戦士はデメテル達を獲物と定め、じりじりと近寄ってくる。彼らは皆歯を食いしばり、苦悶に満ちた表情をしていた。

一方、それはデメテル達も同じだった。

無理矢理同族と戦わされるなんて、お互い苦しいよな、きっと。

この外道は絶対に許さない。

だが、まずは目の前の問題からだ。デメテル達に戦士の相手をさせるのは可哀想だ。

ならば僕が代わりに戦うしかない。

「デメテル、僕が彼らの相手を――」

しかしそんな思いはいとも簡単に妨げられる。

「待て。貴様に手を出されては実験の邪魔だ。俺が相手をしてやろう。手駒を減らしてくれたことへの礼もまだだったしな」

そういうとアルバスは杖を前方に突き出す。

「〈白く煌《きら》めく樹氷が敵を切り裂く。【大氷柱《アイシクル》】〉」

詠唱が終わると、アルバスの頭上に針葉樹の如く棘《とげ》だらけの氷柱が現れ、凄まじい速度で僕に迫る。

僕が使う【大氷柱《アイシクル》】とは形状が異なり、かつ十倍はでかい。

これは生身じゃ避けられないいな。

そう判断して【身体強化】を発動、当たるすれすれで回避した。

「ほう、まぐれで避けたか。では当たるまで撃ち続けるとしよう」

アルバスはすぐに詠唱を開始し、立て続けに魔法を放つ。

僕は同様のやり方で回避し続けることで必死さを演出する。これは相手を油断させ、その隙にデメテル達の状況を確認するためだ。

デメテル達の方は、すでに戦いが始まっていた。

四対十といえども、戦士達の動きは鈍く、明らかにデメテル達が優勢だ。

「ジン様、ここは我々にお任せください。彼らは同胞を守るため、自分の命さえも差し出した誇り高き戦士です。ですが今や敵に支配され、同胞を傷つけようとしています。もし彼らに心があったならば、きっと無念の思いで押し潰されそうになっていることでしょう。同胞の無念は同じ同胞である我々が断ち切ります。そして、これ以上彼らの誇りを汚させませんわ」

デメテルの目に強い信念に満ちた光が宿る。

さっきまでの動揺の色はもうそこにはない。

すると突然、支配を受けているはずの戦士の目から大粒の涙が流れた。まるでデメテルの言葉に反応したかのようだ。

なるほど、戦士達には彼女の声が聞こえているのか。

彼らの戦いぶりを見ていると、全力で武器を振り回しているのだが、そこには殺気のようなものがない。

骸骨狂戦士《スケルトンバーサーカー》からはまさに僕達を殺そうという気迫がありありと感じられたのだから、彼らにあってもおかしくないはずだ。

そういえばやつが「完全な屍人《ゾンビ》になると――」とか言ってたな。

つまり、どういうことだ？　ちょっと【鑑定】してみるか。

〔種族：屍馬人《ウェアホースゾンビ》（屍人《ゾンビ》化進行中）。屍粉《ゾンビパウダー》の効果で屍人《ゾンビ》化が進行している。完全な変化には同族の血肉が必要〕

えっ？

つまり、戦士達は同胞を喰らうことで完全な屍人《ゾンビ》になるのか？

屍粉《ゾンビパウダー》とかいう薬の効果とある。悪意に満ちているとしか言いようがないな。

研究とか実験とか言っているのはこれのことか。腑《ふ》に落ちた。

屍人《ゾンビ》化進行中ってことはまだ屍人《ゾンビ》になっていないわけで、もしかしたら治せる可能性もあるのか？

屍人《ゾンビ》を作れるなら、治せてもおかしくない。

それに、ここはファンタジー世界だ。きっと治せるに違いない。

「デメテル！　戦士達は同胞を喰らうことで完全な屍人《ゾンビ》になるらしい。つまり、まだ不完全な状態だから、治せるかもしれないぞ」

「ほ、本当ですの……⁉」

「ああ。だから命を奪わないように気をつけてくれ。もちろん、君達が喰われるのもダメだ。でも戦士達にこのままずっと暴れられるのはまずい。なんとか拘束する必要があるな」

「分かりましたわ！　ただ、この人数をどうすれば……」

「僕に任せてくれ」

拘束といっても、一人一人縄《なわ》で縛《しば》るなんて真似は到底無理だ。

だから魔法で一気にとっ捕まえる。

敵を閉じ込めるといえば、【大地牙《アーススパイク》】だ。

屍人《ゾンビ》化した馬人族《ウェアホース》の戦士に破壊されない程度に頑丈で、複数の人間を一度に囲えるほど広範囲に魔法を展開するイメージを頭に思い描く。

それをそのまま現実にするべく、指をパチンと鳴らした。

すると、地面から硬質な土製の杭が現れる。

それは次々に上方へと突き上がり、少し離れた位置にいた五名の戦士を囲むことに成功した。

「よし、ほぼ完璧！」

一度に全員捕まえられれば完璧だったけど、半数の戦士はデメテル達と戦闘中だから、さすがに難しい。だが、残りはもう半分だ。

　そう喜んだのも束の間――

「貴様、俺と戦闘中なのを忘れたのか？」

「え？」

「死ね」

　いつの間にか、アルバスの放った複数の火の球が僕の頭上で待機していた。

　それが一斉に無防備な僕へと撃ち下ろされる。

　ズドドドドドドドッ！

　ぐっ、この魔法、一つ一つが【烈火球《バーストファイア》】か！

　ヤバい。このままじゃ、死ぬ……？

「くっくっくっ、バカめ。出来損ないを助けようなどとするから、こうなるのだ」

「ジン様っ⁉」

　デメテルの悲痛な叫び声が響き渡る。

……

…………

……………………うん、生きている。

さすがに死んだかと思ったけど、なんとか耐えたな。

体力は半分も残ってない。

一発一発はそれほど大きなダメージを受けなかった。

【全属性耐性】のおかげかな。ナイスだよ、君。

そういえば【魔法障壁《マジックバリア》】を忘れていたな。今度から常時発動させておこう。

それから【物理障壁《フォースバリア》】も、念のために。

「少しは手応えのあるやつかと思ったが、拍子抜けだったな」

「ま、まさか、ジン、様……？」

勝ち誇るアルバスの声を聞き、デメテルが呆然としているが……

「あ、呼んだ？」

「キャア!?　ぶ、無事でしたか！　ホッとしましたわ……」

戦闘中なのに彼女を驚かせてばかりな気がして、申し訳ない。

「チッ、しぶといやつだ。まともに当たらなかったのか？　ならば当たるまで魔法を使い続ければいいだけだ。〈紅蓮の焔が球をなし、敵を焼き尽くす。【烈火球《バーストファイア》】〉」

またしてもアルバスは炎魔法を連発してくる。

僕は試しに【魔法障壁《マジックバリア》】でまともに受けたり、【身体強化】で回避してみたりしたが、どちらもダメージを受けずに対処できた。

「な、なんだそれは？　先程はダメージを受けていたはず……貴様、一体どういうことだ⁉」

アルバスは騙したのかと憤慨《ふんがい》する。

「お前の魔法はもう効かない。それだけだよ」

今度はこちらの番だ。

僕はスキルで強化された脚力で一気に相手の懐《ふところ》に潜り込む。

同時に、【収納】から真銀《ミスリル》の剣を取り出して横一閃。

白く輝く刃が狙い違わずやつの首を捉える。

しかし、斬撃が当たった瞬間――まるで石でも斬りつけたかのようにガリッと鈍い音が響き、僕の手がじんと痺《しび》れた。

刃が欠けたのではないかと心配になったが、問題はなさそうだ。

今のは一体……？

じゃあ魔法を試してみよう。

僕は左手をアルバスに向けて叫ぶ。

「【聖浄光《ホーリーライト》】！」

だがこれは相手の【魔法障壁《マジックバリア》】が弾いてしまい、効果がない。

「くっくっくっ、わっはっはっ！　俺は【斬撃耐性《ざんげきたいせい》】を持っている。それに【魔法障壁《マジックバリア》】もな。お前の攻撃は何一つ効かないんだよ」

「そうらしいな。困ったものだ」

僕の攻撃で他に効果がありそうなものなんてないんだが……

「……気に入らんな。その余裕はなんだ？　こちらの魔法が効かないからと安心しているのか？　ならば物理で攻撃すればいいだけだ」

いやいや、余裕なんてない。何か手はないかと考えながら話しているだけだ。

しかし物理って、ごりごりの魔道士っぽいこいつが？

「お前が直接攻撃するつもりか？」

「いいや、そっちは専門外だ。だがこういう手もある」

アルバスが目を瞑って何やら念じると、体から禍々しい魔素が溢れ出し、地面へと流れる。

「【死者合成《キメライズアンデッド》】！」

その声を合図に、アルバスの足元を中心に留まっていた魔素が、まるで意思でも持ったかのように、まっすぐどこかへ向かっていく。

その方向にあるのはデメテル達が先程倒したアンデッドの群れの亡骸だった。

何をするつもりだ、こいつ？

魔素が戦場に横たわる全ての亡骸に流れ込む。

亡骸はカタカタと動き出し、骸骨狂戦士《スケルトンバーサーカー》を中心に集まっていく。それが山のように重なると、周囲を濃密な魔素が包み込み、グルグルと高速で回りはじめた。

やがて魔素が晴れ……異形《いぎょう》のアンデッドが姿を現した。

ベースは骸骨狂戦士《スケルトンバーサーカー》のようだが、二メートルあった体がさらに巨大化し、剥き出しだった骨は屍人《ゾンビ》の腐った皮膚に守られている。

その皮膚のあちこちに、おそらく他のアンデッドの頭や顔の一部とみられる部分が埋めこまれ、ごつごつとした肉体を作り出している。

さらに、肩や背中からは腕が新たに何本も生えており、元の持ち主のものと思われる武器を握っている。

「くっくっくっ、美しい造形だろう？　ポイントは素材の魅力を損なわないようにしながら、バランス良く丁寧に接合し、練り合わせていくことなのだ。分かるか？」

まるで自らの芸術作品を自慢するかのように恍惚《こうこつ》とした声音で、アルバスが僕に語りかける。

「いやぁ、普通に気持ち悪いぞ。どういうセンスしてんの、お前……？」

「な、なに!?　……そうか、貴様のような美を解さぬ者に話した俺がバカだった。下等なアンデッドめ、貴様は俺の合成屍《キメラ》の一部になる資格もない。永遠に消滅させてやる！」

なぜかアルバスは突然激昂《げっこう》すると、合成屍《キメラ》に攻撃の指示を与えた。

合成屍《キメラ》はその巨体に似つかわしくない速度で僕に迫ってくる。

マジでグロい……なんか体に埋まっている目とか口とかが動いているし……豚人族《オーク》の屍人《ゾンビ》だって含まれているし……死者への冒涜《ぼうとく》ここに極まれりって感じだな。

やっぱりこいつ、許せないわ。

とはいえ、合成屍《キメラ》の攻撃は凄まじい。

敵は間合いに入ると十本以上ある腕をフル回転させて僕に武器を打ちつけてきた。

数の暴力というやつだ。避けたり弾いたりしてみたが、捌きれずに何発かもらってしまった。

【物理障壁《フォースバリア》】のおかげで肉体へのダメージはないが、障壁にヒビが入るほどの破壊力がある。

障壁は魔力で修復できるのだが、その前に攻撃されればダメージを受けてしまう。それに魔力にだって限界がある。

「わっはっはっ！　圧倒的だ！　いいぞ、ミカエル！　もっとやれぇ！」

……え、名前付けたの？　しかもミカエルって……やっぱりセンスおかしいぞ、こいつ。

それに、興奮してさっきと人格変わっちゃってるし。

いや、もう色々気にしたら負けな気がする。

さて……どう戦うか。

強引に剣で斬りつけてみたが、こいつも【斬撃耐性】を持っているらしく、攻撃がほとんど通らなかった。

魔法も同様だ。主であるアルバスと似たスキルを持っているらしい。

ゲームなんかだと、骸骨《スケルトン》には殴打系の武器が効く場合が多かった。試してみたいけど、そんなものは持ってないしなぁ。

あれこれ考えている間にも、敵は休むことなく連続して攻撃を仕掛けてくる。さすが疲れを知らないアンデッドだ。

デメテル達の方をちらっと見ると、馬人族《ウェアホース》の戦士の攻撃を防ぎつつ、かつできるだけ相手を傷つけないように細心の注意を払って立ち回っていた。

だけど、かなり息が切れていて、疲れが見えている。

まずい状況になってきたぞ……

何か手はないか？　考えろ。

良いアイディアが浮かばないかと、周囲を見回してみる。

そこらへんに生えている木はどうだ？　棍棒みたいに殴打武器として使えなくはないだろうが、強度に問題がありそうだよな。

石なんかも転がっているけど、小さいのしかない。これを思いっきりぶつけてもたかがしれている。

石……か。そういえば僕の魔法に【岩槍《ロックランス》】があったな。

こいつを【魔法制御】で加工して、棍棒みたいな形状にできるかも。

早速岩の棍棒をイメージし、手のひらの上で【岩槍《ロックランス》】の魔法を発動してみた。

すると……おお！　棍棒にしてはちょっと細いけど、なんとかそれっぽい物が造れたぞ！

その棍棒で、ミカエルが剣を振り下ろした後の無防備な腕を試しに殴ってみる。

ベギッ！　ボギッ！

こちらの棍棒は簡単に割れてしまう。しかし、その代わりにミカエルの腕の骨も折ることができた。

ちゃんと効いているぞ！

ただ、これじゃあ武器が脆すぎる。もっと強力な武器を造り出そう。そのためには、上手くいくまで試してみるしかない。

僕は敵の攻撃を必死で防ぎながらも、造っては殴り、造っては殴りを繰り返して、改善を続けた。

もう何度目か分からなくなるほどの試行回数を重ねた結果、ついに武器と言って申し分のない硬質な岩製の棍棒と槌《ハンマー》を造り出すことに成功する。

〔【武器創造《クリエイトウェポン》Lv2】を習得しました〕

おお⁉　良さげなスキルも覚えたぞ！

これでいける。

武器を両手に持って、続けざまに振り下ろされる敵の腕めがけて殴る、殴る、殴る、殴る。

骨の砕ける感触が武器に伝わるたびに、ミカエルの腕が力を失いだらりとぶら下がる。

「な、な、なんだその武器は⁉」

予想だにしない事態らしい。アルバスは酷く動揺している。

最後に僕は両方の武器を真上に掲げ、ミカエルへとそれらを振り下ろした。

ミカエルの巨躯《きょく》をもってしてもその衝撃に耐え切れず、ぐしゃっと潰れて地面に倒れた。

やっと倒した！

――と思ったが、そういえば忘れていた。

こいつらって、聖属性の攻撃じゃないとまた蘇《よみがえ》ってくるんだよな。

ミカエルは再び動き出し、立ち上がろうとしている。傷ついた体や腕の修復も始まった。

しぶといなぁ、こいつ。

「わ、わっはっは！　そうだ、そんな武器を出したところで、俺のミカは死なんのだ！」

俺のミカて……ミカエルを愛称で呼ぶなよ。

僕もいつの間にかミカエルって名前で呼んでいるけどさ……

さて、次はどうする？

聖属性の武器は真銀《ミスリル》の剣があるけど、攻撃が通らない。なら聖属性の魔法だよな。

でも、魔法はそのままじゃ効かないから……

ミカエルとの戦闘で気づいたんだけど、攻撃で傷ついた直後は傷口の部分には、【魔法障壁《マジックバリア》】が展開されていなかった。

スキルの練度の問題なのか、そもそもそういう仕様なのかは分からないが、そこに付け入る隙がありそうだ。

つまり、武器で殴ると同時に魔法を叩き込めばいいってわけだ。

それをやるには、武器に魔法をかける……？　それしかないな。やってみるか。

武器に向けて【聖浄光《ホーリーライト》】の魔法を放ってみたものの、まるでかかる気配がない。

今度は武器の内部に発動させるイメージで使用するが、すぐに消えてしまう。

もしかして無理なのかな……？

他に何か良い手は……そうだ、【魔法制御】があったな。

スキルを併用して再び武器の内部に【聖浄光《ホーリーライト》】を発動させ、そのまま【魔法制御】によって内部に押し込める。

おお！　魔法が消えていない！

――と思ったけど、今度は武器がバラバラに壊れた。

でも今のは良かったぞ！　多分魔法の力に武器が耐えられなかったんだ。

じゃあ――

「自分の武器を自分で破壊するとは、愚かなやつだ。ミカ、やってしまえ！」

回復を終えたミカエルが、僕に突っ込んでくる。

次を最後の攻撃にしよう。

先程と同じように、ミカエルは手にした斧や剣で攻撃を繰り返してくるが、僕は避けない。その間に【武器創造《クリエイトウェポン》】で再び棍棒と槌《ハンマー》を生み出し、両手に持った。

敵の攻撃が僕の【物理障壁《フォースバリア》】を破壊し、斬撃が徐々に僕の体力を削りはじめた。

しかし僕はそれに構わず、武器の内部に【小回復《ヒール》】を発動させる。武器も壊れないし、魔法も消えていない。成功だ。

敵の猛攻を浴びながら、僕は両手を上げて武技を放つ。

「【聖閃斬《セイントスラッシュ》】！」

上方から白い閃光《せんこう》が高速で落下する。

それはミカエルの頭に直撃してぐしゃりと押し潰す。同時に、パアッと強烈な光が放たれ、ミカエルの体を一気に焼き尽くす。

黒焦げになったミカエルが地面に倒れた。その骸から魔素が抜け僕に吸収される。

〔【魔法付与Lv2】および【斬撃耐性Lv2】を習得しました〕

えぇ⁉　またなんか覚えた！

【魔法付与】は当然武器に魔法をかけるスキルだよね。魔法剣とかじゃないのか……あ、でも剣以外にも使えるわけで、こっちの方が汎用性が高そうだな。

あと、ちゃっかり【斬撃耐性】も取得しているし。

さっきやられまくったもんね。

ちなみに【聖閃斬《セイントスラッシュ》】なんて、それっぽい技名を叫んでみたが、そんな技は存在しない。

格好良さそうだから言ってみただけで、実際はただの【閃斬《スラッシュ》】だ。

ともかく、技は声に出して放つのが一番気持ち良い。それが適当であろうが構わないのだ。

「ミ、ミカ⁉　そんな、バカな……」

ミカエルを失ったアルバスは、驚愕のあまり膝から崩れ落ちる。

そんなアルバスに、僕はゆっくりと近づいていく。

「さて、次はお前の番だ」

「ひぃ⁉　ま、待て！　貴様――いや、ジンと俺は、同じアンデッドだろう！　お互い分かり合えるとは思わないか⁉」

声がうわずっている。どうやらかなり怯《おび》えているようだ。

「全然思わないな。だってお前、自分以外は全てモルモットにしか見えていないんだろ？　それに、色々とセンスもおかしいし。分かり合えるポイントがない」

「ぐっ……そ、そうだ！　俺達の仲間にならないか？　もしなるなら、俺から我らが王に紹介してやってもいいぞ。お前ほどの力があれば、俺と同じ幹部になるのも夢ではない。どうだ。悪い話ではないだろう⁉」

やっぱり仲間がいるのか。それでこいつ、幹部なのか？

でも、こんなのが幅を利かせている組織なんて、絶対ヤバいやつらじゃん。

ちょっと情報を聞き出しておくか。

「へぇ……幹部か、それは悪くない」

「だ、だろう⁉」

前向きに考えているふりをしたら、アルバスが食いついてきた。

「ちなみに、その王ってのは誰だ？」

「我らが主はこの樹海で屍術王《ネクロマスター》と呼ばれ恐れられているお方だ。無数のアンデッドを従え、その軍勢を意のままに操る力を持つ、まさに怪物よ。今も樹海の生物を次々とアンデッドにして、その支配領域を順調に広げておられる。いずれは樹海全土を手中に収め、近隣諸国をも滅ぼすであろう。

あのお方が魔王と呼ばれる日も、そう遠い未来ではあるまい」

こいつら、悪いことしかしないじゃん。それに、魔王かよ。

「じゃあ、もし僕が仲間になったら、職場はどこになる？」

「なに？　職場だと？」

「ああそうだ。今後ずっと働くことになるかもしれないんだ。職場がどこにあるかぐらい確認するのは当然だろ？」

「……確かに。樹海の中央北部に俺達の本拠地がある。詳しい場所は、組織に入るまで教えんぞ」

「分かった。次に組織の規模を知りたい。これも就職前に確認するのは当然の権利だからな。まずは軍についてだが、今どのくらいの人員が――」

調子に乗って質問を重ねていると、さすがにアルバスが口を挟んできた。

「おい貴様、さっきからおかしな質問ばかりしているが、本気で仲間になるつもりはあるのか？」

「ちっ、バレたか」

「くそっ！　騙しやがって！　もう許さん！」

アルバスは不意に【収納】から禍々しい気配を放つダガーを取り出し、僕の首を斬りつけてきた。

「殺《と》ったぁ！」

【短剣術】でも持っているのか、魔法使いっぽい外見の割に、洗練された攻撃だ。

しかし【斬撃耐性】を持つ僕には、なんのダメージも入らない。

僕は両手に持った棍棒と槌《ハンマー》を振り上げ……

「なぁ!?　ま、ま、待って――」

それをアルバスめがけて全力で叩きつけた。

アルバスの頭蓋骨《ずがいこつ》にヒビが入り、発動した聖魔法が襲い掛かる。

「グギャァアァァアアアア!!　熱い！　死んでしまう！」

断末魔の叫びが森の中にこだまする。

「お前はこれまでどれだけの命を奪ってきたと思っているんだ。殺された者達の無念を思い知れ」

「う、うるさい！　俺は特別な存在なのだ！　奪って当然だろう!?　お、お助けください、我が王よ！」

自らを特別な存在と宣《のたま》うアルバスだが、その助けを呼ぶ声に反応する者は誰一人としていない。

アルバスは愕然としたまま天を仰ぎ、小さく体を震わせている。

「……ラ、ラザロス、様」

ラザロス……？　それがこいつらの王の名前か？

危険な時は助けてもらう約束でもしていたのかもしれないが、この様子だと見捨てられたな。哀《あわ》れなものだ……

「もう【魔法障壁《マジックバリア》】も発動できないようだな。悪いが、とどめを刺させてもらうぞ」

すると、僕に向かって誰かが小走りで近寄ってくるのが見えた。

「待って」

その声の主はエヴァだ。

「私にやらせてほしい。そいつは馬人族《ウェアホース》の仇だから」

……そうだ。そうだった。

本当に怒りを感じているのは、馬人族《ウェアホース》だよな。

「分かった」

僕はその場から一歩退いた。

今度はエヴァがアルバスに近づき、その小さな手をかざす。

「丸焼き確定って言った。〈柔らかな清光が汝を焼き尽くす。【小回復《ヒール》】〉」

エヴァの手から清らかな光が放たれる。

その光はゆっくりと、優しく、アルバスを包み込んだ。

光に触れた場所がみるみる焼け焦げていくが、やつはそれに抵抗できない。

「……そう、だったのか。俺も、操られていたのか」

アルバスは何かを確信したようにそう呟く。

そして、全身を焼かれながら地面に倒れ、そのまま事切れた。

アルバスの亡骸から魔素が流れ出し、僕とエヴァに吸収される。

やっと終わったか……いや、まだだったな。

僕は急いでデメテル達のもとへと向かって、屍人化《ゾンビ》した馬人族《ウェアホース》の戦士を【大地牙《アーススパイク》】で取り囲んでいく。

ひとまず全員を拘束できた。

「はぁ、はぁ、はぁ。ありがとうございます、ジン様！」

「デメテル、みんな無事？」

「はい、助かりましたわ。エヴァも、仲間の仇を討ってくれて感謝します」

デメテルは、いつの間にか僕に追いついて来たエヴァにも礼を言う。

「ううん。全部ジン様のおかげ。さすが私の師匠だけある」

なんか偉そうだな。

「さっきの武技も凄かったですよ！　アタシも【閃斬《スラッシュ》】使ってみたいっす！」

マリナには僕の武技が一番印象的だったらしい。

「ええ。それに、ジン様は様々なスキルを駆使して戦われていたご様子。お見それしました」

ソフィアは僕のスキルと戦い方を評価しているようだ。

みんな褒めるところが戦闘に関することばっかりだ。

好きなんだろうね、戦闘。

「ありがとう。みんなも辛い戦いだったと思うけど、本当に頑張ったね。そういえば、避難場所にいるみんなは大丈夫かな？」

「そ、そうですわ！　マリナ、ソフィア、エヴァ、全員の安否を確認してください！」

「「「はっ！」」」

三人はすぐさま避難場所へと向かい、その後を僕とデメテルが追った。

避難場所の中は比較的落ち着いていた。

だが、負傷して苦しそうな人や、悲しみに暮れて涙を流している人がちらほら見える。

泣いている人はもしかしたら、外に捕らえてある戦士の身内かもしれない。

村人達は僕を見ると一瞬ギョッとして、次いで訝《いぶか》しげな目を向けた。

アンデッドだから怪しまれているっぽいな。

村人の人数がそれほど多くないためか、従者達からの報告はすぐだった。

ソフィアがデメテルに報告する。

「怪我を負っている者は多いのですが、皆軽傷でした」

「そうですか……良かったですわ。ではその者達をすぐに治療しましょう。エヴァ、お願いできますか？」

「うん。任せて」

「なら、僕も手伝うよ」

僕がそう申し出ると、デメテルが恐縮した様子で首を横に振った。

「いえ、ジン様は今日一日ずっと戦い続けておられますわ。少しお休みになられた方が……」

「大丈夫！　アンデッドだから疲れないんだ。じゃあ、早速やろう」

以前、自分の近くにいる何人かを一度に回復することはできた。

しかし、今度は広範囲に散らばる五十人以上を一度に癒す必要がある。果たして可能なのだろうか。

そんな不安よりも、新たな挑戦への興奮が上回っている。

くふふっ、楽しみだ。

まずは【気配察知】で全員の位置をしっかり把握して……指をパチンと鳴らす。

一気にかなりの魔力を消費した。

それと同時に、避難場所のあちこちで光が生じ、優しく人々を包み込んでいく。

無傷の人も光っている気がするが、それは些事《さじ》だ。

魔法が発動してから、避難場所は静寂に包まれていた。

みんな突然現れた光に驚いているらしい。

でも、恐怖しているというより、何が起こったのか分からずに戸惑っている感じだ。

しばらくして、怪我人達の中から、体の痛みや腫《は》れが消えているのに気づく者が現れた。

「え、怪我が、治っている⁉」

「なんだって⁉」

「本当だ！　治っているぞ！」

村人達から驚きと喜びが混じったような声が聞こえる。

よぉし、実験成功だ！

前にやった時よりも難易度が高いから、あんまり自信はなかった。けど、やっぱり魔法ってイメージとか発想の力が大きいんだなぁ。

それに【気配察知】の位置特定能力が半端《はんぱ》じゃないことが分かった。

目で見た場合の位置の感覚とは大違いで、座標のように具体的な数値で位置を特定できているような感覚だ。

こういう座標みたいな概念については、前世の知識が大分役に立っている気がする。

後はその座標点全てから【小回復《ヒール》】が発生するのをイメージすればいいだけだった。

実験の結果を分析していると――

「ジン様！　ジン様！」

デメテルに呼ばれて、我に返る。

「はっ、はい!?」

素《す》っ頓狂《とんきょう》な声で返事をしてしまった。

「先程から村の者達がジン様にお礼を言いたいと申しております。一族を代表して私が心からお礼申し上げますわ！」

おっと、いつの間にか皆さんに囲まれていた。

まったく……随分大袈裟だなぁ。魔法はもはや僕の趣味なんだから、いちいち気にしなくていいのに。

「ああ、みんな治ったみたいで良かったです！　またやってみたいから、他にも怪我人がいたら教えてね！」

「……ジン様の言い方に多少引っかかる部分はありますが、そのお言葉に感謝いたしますわ！」

こういう時、細かいことを気にしないデメテルの性格は評価できる。

しかし、エヴァはどこか不満そうだ。

「私のやることがなくなった」

「あ、エヴァ。ごめんやっちゃった……」

「でも魔力が空っぽだったからいいよ」

じゃあ言うな。

「……デメテル様。皆、ジン様がどのようなお方か気になっている様子。そろそろ紹介して差し上げてはいかがでしょう？」

ソフィアがデメテルに提案する。エヴァと違って、しっかり者だ。

「そうね。では一度広場に集まりましょう。みんなは村人達を集めてもらえますか？」

「「「はっ！」」」

従者達は返事をすると、すぐに村人達を集めに向かった。

広場に集まった人数は百人くらい。どう見てもみんな普通の村人だし、思っていたよりずっと少ない。

この人達が武装したアンデッドに襲われるなんて、悪夢でしかないぞ。

それに、アンデッドは倒しても倒しても起き上がってくるから、勝ち目なんて皆無《かいむ》に等しい。

よく無事に生き残ったものだと感心するよ。

そんなことを考えている間に、デメテルが僕を紹介してくれていた。

唯一の存在《ユニーク》かつ凄い剣士で、大魔法使いだ……などと、怪しげな情報を自信満々で言っているけど、僕の方にはそんな自覚がない。

でも、さっきは冷たい目で見られていたのが、今はそうでもなくなった気がする。その点は良かった。

「それでは、ジン様！　皆に一言挨拶をお願いできますでしょうか！」

マリナが僕に促した。

「あっ、はい」

僕は少しだけ前に出て、簡単に挨拶する。

「どうも、ジンと言います。馬人族《ウェアホース》の皆さんとは今後、ぜひとも仲良くさせてもらえればと思っていますので、よろしくお願いします」

すると、今度は村人達が次々と片膝を地面につけた体勢をとる。

「この度は我らが長であるデメテル様、及び我々を救っていただき、ありがとうございます！」

先頭にいたトマスと呼ばれる年配の男性の言葉に合わせて、全員が深々と頭を下げる。この人がまとめ役みたいな立場なのかな。

「いえいえ！　今後、皆さんにも色々とお世話になりますから、どうぞ顔を上げてください」

僕がそう言うと、しばらくして村人達は立ち上がった。

デメテルだけじゃくて、馬人族《ウェアホース》は全員がこんなに真面目なのかな。

「それでは早速ですが、今後の私達の方針を決めなくてはなりませんわ。これからお時間をいただいてもよろしいでしょうか、ジン様？」

「もちろん」

デメテルが確認を求めるので、僕は頷く。

「まずはジン様、砂漠でのお約束についてです。あの時私がお願いしたのは、襲われている仲間を助けてほしいというものでした。その願いを叶えてくださり、本当にありがとうございました。そのお返しとして、今後馬人族《ウェアホース》一同が全力でジン様にご協力いたしますわ！」

そうデメテルが宣言すると、周りの馬人族《ウェアホース》達から「お任せください！」と、気合いの入った言葉が聞こえてくる。

「それは嬉しいんだけど、まだ少し早いんじゃないかな。さっき倒したアルバスが言っていたんだけど、あいつの組織は樹海を支配しようとしているんだって。屍術王《ネクロマスター》とかいうやつもいるみたいだし……」

「屍術王《ネクロマスター》……!?　ま、まさか、本当に存在していたんですの……？」

デメテルをはじめとした馬人族《ウェアホース》の顔が青くなる。

「みんなは知っているの？」

「はい。ただ、それほど詳しくはありませんわ。私達は近隣に住む豚人族《オーク》と交流があるのですが、彼らから屍術王《ネクロマスター》の噂を聞いたことがありますの。残虐《ざんぎゃく》で恐ろしい力を持った魔物が樹海に潜《ひそ》んでいるらしいと。ただ、その当時は豚人族《オーク》もほとんど気にしておりませんでしたわ」

「なるほど。ちなみにその屍術王《ネクロマスター》って、五十年前に樹海に現れたとか？」

「確かに、豚人族《オーク》がそのように言っておりましたわ。ジン様もご存じでしたの？」

「やっぱりか。僕の仲間にも因縁《いんねん》があるやつかもしれない。アルバスは倒したとはいえ、まだ樹海には危険なやつらがいるらしいな」

「……おっしゃる通りですわ。またいずれアンデッドの軍が襲ってこないとも限りません。ジン様、どうか引き続き力をお貸しいただけないでしょうか？」

デメテルがまた頭を下げようとするのを、僕は制止する。

「もちろんそのつもりだよ。ただ、毎回約束がどうとかいうのは面倒だから、今後はずっと仲良くできないかな？　僕や僕の仲間は、君達が困っていたら助けるし、その逆も……みたいな」

お互い何度も頭を下げるのって、煩わしいからね。

「それはつまり……我々馬人族《ウェアホース》を、ジン様の庇護下《ひごか》に置いてくださると？」

「え？　いや……庇護下というか、同盟関係みたいな？」

「私達の方が明らかに格下なのに、同盟関係はあり得ませんわ。獣人の間では力こそ全てですし、魔物の世界でもそれは同じでしょう？」

魔物の世界のことは分かりません。僕の中身、人間なんで。

サスケ達が来たらこっちも集団になるから、集団同士の付き合いといえば、やっぱり同盟が一番しっくり来るんだけどなぁ。

大体、庇護って、何をすればいいんだ？

「ジン様。庇護も同盟も似たようなもの。安心せよ」

エヴァが僕の心を見透かすように声をかけてくる。

せよって、武士かお前は……それに、庇護と同盟なんて、字面《じづら》から見ても全然違うわ！

「いや、君ねぇ――」

僕は呆れてエヴァに反論しようとしたが、マリナが「確かに一理あるな！」などと頷いた。だが、マリナは絶対何も考えてないと思う。

すると、今度はソフィアが口を開いた。

「ジン様。獣人の世界は弱肉強食。ゆえに同盟という対等な関係はなく、支配か庇護しかありません。ジン様は馬人族《ウェアホース》を支配するおつもりはございませんよね？」

「ないない！」

「では、庇護とは何かですが、強い種族が上に立って弱い種族を守る。弱い種族は守られる代わりに、強い種族に様々な協力をする。これが我々の言う庇護です。確かに同盟と庇護では印象が異なるかもしれませんが、お互いが協力関係を築くと考えれば、似ているとは思いませんか？」

似ている……のか？　なんとなく、強い種族の負担が大きそうな気がするが……

すると、デメテルが潤《うる》んだ目でこちらを見つめて言う。

「ずっと仲良くしたいとおっしゃったのは、ジン様ですわ」

ぐぬぬっ！　確かに！

……まあいっか。こっちはそれなりに大変だろうけど、馬人族《ウェアホース》にも色々助けてもらえるはずだし。

「分かった。じゃあ庇護します」

そう答えると――

「「「やった！」」」

「え？」

なんか、今この娘達、「やった！」って言わなかった？　言ったよね!?

「それでは私達馬人族《ウェアホース》は、たった今よりジン様方の庇護下に入りますわ!!」

困惑する僕を横目に、デメテルが仲間に大声で宣言した。

それを聞き、村人達はワイワイ騒ぎはじめる。

「これでずっと守っていただけるぞ！」

「馬人族《ウェアホース》も安泰《あんたい》だ！」

「やった！」

ほら「やった！」って言っている！

なんか僕の力がものすごく当てにされてないか⁉

女性陣にいいように言いくるめられた気もするけど、もういいや……

僕は気を取り直して今後のことを話す。

「アンデッドの軍団は樹海を支配するつもりらしいから、きっとまた攻めてくると思う。そうなると、今のままじゃあ死なないアンデッド達と戦う手段が少なすぎるよね。対抗するためには聖属性の攻撃手段が必要不可欠だ。そういう武器が売っていたり、武器に属性付与《エンチャント》できたりする場所って、この近くにあるかな？」

「どちらも保証はできませんが、可能性があるのは、東にあるエデッサの街ですわ。冒険者が多い街で、私達も度々訪れています」

おっ、街があるのか！　どんなところだろう？

「よし、装備類はそこで揃えることにしよう！」

「分かりましたわ！」

僕の提案にデメテルは快《こころよ》く返事をしてくれる。

「あっ、他に何か必要なことってあるかな？」

「そうですわね、先ほど行った私達の村ですが、皆家の地下に食料を保管しておりますの。地下が攻撃されていなければ、しばらく生活できる分の食料は確保できると思います。それにあの付近は、家の建材や水場、採集できる木の実などの食料も豊富です。まずはあの村に戻って態勢を立て直すのが良いかと思いますわ」

「そっか、じゃそうしよう！」

「はい。でもまずは今日の戦いの疲れを癒し、ジン様と馬人族《ウェアホース》の友好を祝うために、ささやかな宴《うたげ》の席を用意させていただきますわ」

デメテルはそう言うと、ソフィアに目配《めくば》せをする。

ソフィアは軽く頷き、馬人達《ウェアホース》全員に向けて声を張る。

「みんな、今日は私達馬人族《ウェアホース》がジン様の庇護下に入った記念すべき日です！　戦いの勝利を祝い、ジン様を歓迎するために、宴会を催《もよお》しましょう！」

村人達から歓声が上がり、皆準備に取りかかる。

きっと宴会好きなんだろうね。

それに、明日からは村の復興や侵略者との戦いの準備も待っている。

決起集会みたいな感じでもあるよな、きっと。

あっ、そうだ。サスケ達のことも伝えておかないと。

「僕の仲間のことなんだけど、鼠人《ウェアラット》が一人と、屍鬼鼠《グールラット》が二十体くらいで、そのうち合流する予定なんだ。もし見かけても攻撃しないように、みんなに伝えておいてくれるかな?」

「鼠人《ウェアラット》とは大変珍しいですのね。ジン様のお仲間の方々でしたら、当然ですわ、皆によく言い聞かせておきます!」

デメテルがそう約束してくれた。

しばらくして、宴会が始まった。

避難所に元々置いていたものなのだろう、野菜をメインに使った料理や果物などが多い。飲み物は果実酒だ。

料理は人参とかジャガイモらしき根菜類をバターで炒めたものや、シチューのようなものだった。どれも野菜自体が甘いし、大変美味。

僕からは、ハムモンにもらった砂漠鰐《デザートカイマン》の骨つき肉を提供させてもらう。

あまり食べる機会がないみたいで、みんな喜んでくれた。

外で拘束している馬人達にも砂漠鰐《デザートカイマン》をお裾《すそ》分《わ》けした。腹が減っていたのか、凄い勢いでかぶりついている。

今はこうしておくしかないけれど、早いところ彼らを元に戻す方法を探さないとな。

僕は再び避難場所の中へと戻り、馬人族《ウェアホース》との会話に加わった。

樹海に来て初めての夜は、楽しく過ぎていく。

夜も更《ふ》け、ほとんどの馬人族《ウェアホース》は酔い潰れて地べたに寝転んでいた。

その光景を眺めながら、僕は一人、ハムモンにもらったワインを飲む。

ピラミッドを出た時はこんな光景、全く想像していなかったなぁ。

初めはただ樹海を冒険するだけのつもりだった。

でも、デメテルに会って馬人族《ウェアホース》を助けることになり、ついには彼らと協力関係を築くことになった。樹海に詳しい彼らの力を借りられるのは本当に助かる。

異世界に転生してどうなることかと思ったけど、剣と魔法は楽しいいし、良い出会いもあったしで、今のところ最高だわ。

今日みたいに、これからきっと色々危険な目には遭うだろう。

けど、そのうちサスケ達も来てくれるはずだし、馬人族《ウェアホース》もいてくれるなら、なんとかなる気がする。

あとはトトがいてくれれば完璧だけど、それはいずれ方法を見つけるつもりだ。約束したからな。

これから樹海での新しい生活が始まる。

せっかくの異世界ライフだ。思いっきり楽しむとしよう。

外伝　羊とネズミのブートキャンプ

――時は遡り、ジンがピラミッドを出発した日。

遠ざかるジンの背中を、サスケは呆然と見守っていた。

まるで胸に穴が空いたようだ。先程まではあった自信や安心感も、嘘のように消えてしまった。

そんな彼に、仲間のネズミが声をかける。

「ちょっとちょっと、サスケ君、『俺に任せておけ』なんて言ってたくせに、オイラ達、置いてかれちゃったじゃないか」

「まったく、本当だぜ。お前の頼み方が良くなかったんじゃねえの？」

いつもつるんでいる二匹の雄《オス》ネズミが、嫌味たらしく言った。とはいえ、この程度の皮肉は、彼らの仲間内では相手をからかう以上の意味はない。しかしサスケは重い謝罪の言葉を口にする。

「すまない。自分の考えが甘かったせいだ。ジン様を守るためならば命など捨てる覚悟だったが、それが間違いだったのだ。俺達がいない間に万が一ジン様に何かあったら、一体どうすればいいのだ……悔やんでも悔やみきれない」

ひどく落胆して肩を落とすサスケの様子にかける言葉が見つからず、二匹はただオロオロするだけだった。

すると、雌《メス》ネズミが現れて、二匹の雄を非難する。

「ちょっとあんた達、サスケのせいみたいに言うのはやめなさい！　これは私達全員の責任よ。ジン様がピラミッドを脱出しようとしているのは、みんなだって知っていたじゃない。なら、その準備を怠《おこた》った全員が責められるべきだわ」

「あ、あのさ、それはオイラ達も分かってて、ちょっとした冗談のつもりで――」

「言い訳すんなし。うざっ」

さらに別の雌ネズミが後ろから現れて、言い訳する二匹を切り捨てた。彼女は続けて自分の考えを口にする。

「ジン様はさぁ、アタシ達の一匹たりとも死んでほしくないわけじゃん？　だからぁ、強くなりまくってぇ、もっとオシャレもしてぇ、そしたらまた褒めてもらえるっしょ！」

すると、先ほどの雌ネズミも同意して、サスケに活を入れる。

「この子の言う通りよ。だからサスケ、いつまでも落ち込んでんじゃないわよ。あんたは一人だけ名前をもらって進化した特別な存在なんだから、しっかりしなさい！」

「……特別か、そうだな。俺はジン様からお名前をいただいた唯一にして一番の配下だ。他の誰よりも大事に想っていただいているに違いない。一刻も早く準備を整えてジン様のもとに向かわなくては！　行くぞ、お前達！」

サスケは先程までの落胆が嘘のように気合いが入り、いきなり上層へと走り出す。

ネズミ達はその姿を白い目で見る。

「……こいつもうざっ」

だがすぐに諦めて、彼らもサスケの後を追って走り出した。

ネズミ達は第四階層で死霊《レイス》狩りを始めていた。

「そこだ！　こっちにもいるぞ！　逃すな！」

サスケが中央でネズミ達を指揮する。

このフロア最強の魔物とあって、死霊《レイス》は強い。屍鬼鼠《グールラット》一体では勝ち目がない。

そこで彼らは、四人一組《フォーマンセル》となって、死霊《レイス》を各個撃破する方法をとった。

一匹が相手の注意を引きつけて、他の三匹で側面や背後から攻撃を仕掛けるという単純な作戦だ。

だがこれが功《こう》を奏《そう》し、順調に死霊《レイス》を狩ることができた。

アンデッドであるネズミ達に休息は必要ない。その後も巨大なフィールドに現れる無数の死霊《レイス》を延々と狩り続け、ついに必要な分の死霊のローブを入手した。

「なかなか早かったな。もう十分だろう。ではハムモン様のもとに伺《うかが》うとしよう」

サスケの言葉に仲間達が頷く。

彼らはぞろぞろと連なり、第五階層に向けて歩を進めた。


第五階層に上がると、フロア中央の床にどっしりと座る獣人がいた。

ぐうぐうとイビキが聞こえることから、居眠りでもしているらしい。

サスケはその獣人に近づくと、意を決して声をかける。

「ハ、ハムモン様！」

「ぐぅぐぅ……んむっ？」

「お休み中のところお声がけしてしまい、誠に申し訳ございません」

「なに⁉　少し疲れて休んではいたが……寝てはおらぬぞ⁉」

ハッと顔を上げたハムモンは、慌てて姿勢を正す。

「そ、そうですか……実はハムモン様にお願いがあり、こちらに参上いたしました」

「ふむ。その前に、お主らは一体何者だ？」

ハムモンの問いに、サスケは恭しく一礼して答える。

「我々はジン様配下の鼠人《ウェアラット》と、屍鬼鼠《グールラット》でございます。その証拠に、ジン様からこちらの大剣と『この武器なら壊れないと思うよ』という伝言をお預かりしております」

「……確かにジンの配下のようだな。あやつ……自分に必要ない物だからと、我に一体いくつ剣を渡すつもりだ？　そのうち文句を言ってやらなくてはな。それにしても、もう配下ができたのか」

大剣を受け取ると、ハムモンは笑みを浮かべて、上機嫌な様子でサスケに尋ねる。

「それで、お主らの用件とはなんだ？」

「わ、我々を鍛えていただけないでしょうか？　今のままではあまりにも弱く、ジン様にお仕《つか》えすることができません。最低でも砂漠や樹海の魔物と戦える程度の力を身につけたいのです！」

「ふむ、いいだろう」

「……ほ、本当ですか？」

「我も暇……いや、侵入者もなく、体が鈍《なま》っていたことだしな。構わないぞ」

「「ありがとうございます！」」

ネズミ達が礼を言うと、ハムモンは鷹揚《おうよう》に頷き、次いでサスケに問いかけた。

「そうだ。なぜお主だけ鼠人《ウェアラット》なのだ？」

「ジン様よりサスケという名をいただき、種族進化しました」

「命名か……なんと危険なことを……それで、ジンはどうなったのだ!?」

「どう、とは？」

ハムモンが何やら心配している様子だが、サスケはその理由が分からず、首を傾げる。

「命名をしたということは、極端に弱体化していただろう？」

「……そうなのですか？　確かにあの後ジン様は魔素をたくさん求められていましたが、ピンピンしていました」

「そ、そうか。ピラミッドの魔物が相手ならば簡単にやられることはなかろうが、一歩間違えば死んでしまうぞ、まったく……どうもあやつは危なっかしいところがあるな。配下というならば、お主らがしっかりせねばならぬぞ？」

「はっ。肝《きも》に銘《めい》じます」

「うむ。では本題だが、ジンにも教えたように、お主らには全員【身体強化】【物理障壁《フォースバリア》】【魔法障壁《マジックバリア》】を覚えてもらうことにしよう。それに加えて、サスケは【剣術】、他の者達は【爪術】を鍛えるのがよかろう。異論はあるか？」

「いえ、ございません」

「よし。ではスキルの覚え方からだ」

そう言うと、ハムモンはサスケ達にスキルの覚え方を丁寧にレクチャーしていった。

「各々が学んだことを各自練習せよ。そのあとは順番に我と模擬戦をしていこう。実戦に近い訓練を積むことで、より早くスキルが身につけられるはずだ」

ハムモンの指導が終ると、サスケ達はそれぞれ自主的にスキルの練習を始めた。


そして、しばらくして……

屍鬼鼠《グールラット》は先程と同様の四人一組《フォーマンセル》を作り、サスケは一人でハムモンと模擬戦を行うことになった。

模擬戦は苛烈《かれつ》の一言だった。

ハムモンが手にした大剣を一振りすると、サスケ達は軽々と吹き飛ばされてしまう。

「それで砂漠や樹海の魔物に勝てると思っているのか！　どんどんかかってこい！」

ハムモンに叱咤《しった》され、サスケ達は歯を食いしばり、再び立ち向かう。

なんのスキルも使っていないはずだが、ハムモンの一振りは威力が凄まじい。

練習中の【身体強化】では、避けようにも避けきれない。かといって【物理障壁《フォースバリア》】で受ければ、木っ端微塵《こっぱみじん》に障壁を破壊されてしまう。

また、ハムモンは「魔法は苦手なのだがな」などと口にしながら、無数の【岩槍《ロックランス》】を発動する。

サスケ達はそれを【魔法障壁《マジックバリア》】でガードするのだが、岩石の槍が障壁を貫通して、危うく体に突き刺さりそうになる。

地獄としか思えないこの訓練を何度も繰り返していくうちに、初めにサスケが、続いて他の仲間達が、次々とスキルを覚えはじめた。

「スキルとはこれほど早く覚えられるものなのか？　確か、もっと時間を掛ける必要があったはずだが……」

サスケは予想外の事態に戸惑う。

これまで進化で身についたスキルはあったが、訓練で覚えたのは初めてだった。

他のネズミ達も、驚いて顔を見合わせる。

「そのはずだよね……オイラも覚えちゃったし」

「オレもだ！　今なら単騎で死霊《レイス》をぶっ殺せるぜ！」

「だが、ハムモン様の攻撃を未だに防ぎ切れないのはなぜだ？」

「それは……ハムモン様が化け物だからでしょ……」

「間違いねぇ。あの人はヤバい。ジン様と同じように、底がまるで見えねぇ」

サスケ達は顔を見合わせて頷いた。

ハムモンとの模擬戦は休むことなく続く。身につけたスキルを駆使してハムモンの攻撃に耐え、今度はサスケ達が必死で攻撃を仕掛ける番だ。

攻撃にはハムモンから教わった武技【閃斬《スラッシュ》】を放つ。

この武技は【剣術】でも【爪術】でも覚えることが可能らしい。

疲れ知らずのアンデッドにもかかわらず、サスケ達はすでに体力も気力もボロボロだ。しかし少しでも早くジンに追いつきたいという意思が、限界を超える鍛錬を可能にしていた。

幾度となく訓練を繰り返した結果、ついに全員が武技をマスターした。

「ほう、まだ一日ぐらいしか経っていないのにスキルの覚えが早いな」

ハムモンもかなり驚いているようだ。

「だがこの程度ではまだまだ足りぬな。せめて我の眷属《けんぞく》を倒せるようになるまで鍛錬を積むがよい……【眷族召喚《けんぞくしょうかん》】！」

ハムモンがスキルを発動すると、彼の前に三体の羊に似た魔物が姿を現した。

体毛は白くふわふわだが、頭に尖った角が生えている。そして体長三メートルはありそうな巨躯の持ち主だ。

「此奴《こやつ》ら――鬼羊《デーモンシープ》は、近づかなければ攻撃してこない、おとなしい魔物だ。休みながら戦うといい。ちなみにステータスを上げるには魔素が必要だ。勝てないと思ったら、下の階層で魔素を集めてくるのだ。では、我は疲れたゆえ、少し休ませてもらおう」

そう言うと、ハムモンは上層への階段の前に移動して、腰を下ろした。

「――くっ、これほど鍛えてもまだ足りないのか」

「まだ一日しか訓練してないけど」

歯噛《はが》みするサスケに、他のネズミが冷静に突っ込んだ。

「要は、あの魔物を倒しゃあいいんだろ？　誰も行かないなら、オレから行くぜ！」

威勢の良いネズミが一匹、真ん中の個体目掛けて走り出す。

相手に接近すると、【爪術】による【閃斬《スラッシュ》】を繰り出した。

しかし鬼羊《デーモンシープ》を覆う羊毛に当たると威力が殺され、ほとんどダメージが入らない。

逆に予想以上に素早い体当たりをくらい、ネズミは吹っ飛んだ。

「これは長期戦になるな」

「そうだね。じゃあ、オイラも行くよ！」

サスケの隣でうずうずしていたもう一匹のネズミも、敵目掛けて走り出した。

それを見たサスケは、仲間に向けて叫ぶ。

「俺達はすぐにでもジン様のもとへ向かわなくてはならない！　こんなところで足止めを食うわけにはいかないのだ！　いいな、全員全力で攻撃するぞ！」

「「「おぉ！」」」

サスケ達は一斉に敵に飛びかかった。

それから半日程度が過ぎ、長い戦いの末、サスケ達はついに鬼羊《デーモンシープ》を倒した。

疲労困憊《ひろうこんぱい》の様子で座り込むサスケに、ハムモンが声をかける。

「よくやった。予想よりも早かったぞ」

「ハ、ハムモン様。それでは……？」

「うむ、もう十分強くなったであろう。これを食して少し休んでから、ジンのもとに向かうがよい」

そう言うと、ハムモンはもの凄い量の肉を【収納】から取り出し、サスケ達を労った。

「よろしいのですか……？」

「ああ、頑張った褒美《ほうび》だ。食え」

「オイラ、このお方が神に見えてきた」

「オレもだわ」

サスケとネズミ達は我先にと肉にかじりつき、休んで体力の回復に努めた。


しばらくして、サスケ達はついに旅立ちの時を迎えた。

サスケは深く頭を下げる。

「ハムモン様、大変お世話になりました。このご恩は必ずお返しします」

「いやいや、よいのだ。前にジンから色々もらっているからな。この大剣もそうだ」

ハムモンはニヤリと笑いながらそう応えた。

「……ありがとうございます」

サスケに続いて、ネズミ達も口々に礼を言った。

「うむ……そうだ、ジンに伝言を頼む。我もそのうち樹海へ遊びに行くとな」

「はっ。しかと承りました。それでは失礼いたします」

「うむ。また会おう」

ハムモンに挨拶をすると、サスケ達はピラミッドの第五階層を後にした。

彼らは凄まじい速度でピラミッドを駆け下り、第一階層まで来た。

全員が死霊のローブを体に巻きつけ、ピラミッドを出る準備をする。

「みんな分かっているな？　ジン様は誰一人として死ぬことをお許しにならん。必ず全員で生きてジン様のもとに辿り着くぞ！」

「「「おう！」」」

かつて樹海から逃げ延びてきたネズミ達が、自らの意思で旅立とうとしていた。

照りつける太陽の光に耐えながら、彼らは全力で樹海を目指して走りはじめた。

種族の未来を変えるために――彼らは信じた主のもとへと急ぐ。

〈馬人族《ウェアホース》四人娘の詳細プロフィールを大公開！〉

デメテル

特殊な血筋を引く馬人族《ウェアホース》の長。

族長であった両親が亡くなると同時にその立場を引き継いだ。美しく気品のある容姿だけでなく、高い判断力と慈愛の精神も兼ね備えており、同胞から敬愛されている。

従者達とは幼少期から共に過ごして来た間柄で、姉妹のように仲が良い。

戦士としても優秀なため、自ら前線に立ち、細剣《レイピア》での刺突による攻撃を得意とする。族長らしく強かな面もあり、強者と看破したジンに砂漠鰐《デザートカイマン》を押し付け、さらには馬人族《ウェアホース》の庇護も約束させた。

エヴァ

マイペースな馬人族《ウェアホース》の戦士。

元々魔法の素質はあったが、師に恵まれず、ジンと出会うまでは使用できなかった。彼に師事するとすぐに才能が開花し、習得するのに最低一ヵ月はかかるとされる魔法を、僅か一日で習得してしまう。

アンデッドの弱点である聖魔法を使用できる貴重な人材だが、すぐに魔力を使い果たすなど、残念なところもある。

ジンに対する辛辣な言動は、信頼の裏返し……らしい。

マリナ

明朗快活な馬人族《ウェアホース》の戦士。

戦闘好きで、暇さえあれば訓練に明け暮れている。
純粋な力では馬人族《ウェアホース》の中で彼女の右に出るものはいない。
剣の使用を好むが、師はおらず我流。

しばしば冒険者の戦いの見学に赴き、
そこで放たれる武技を見ては一人興奮する
武技マニアでもある。学んだ武技を真似して
猛練習しているが、未だ覚えることができず、
歯痒い思いをしている。

戦闘においては、無策で敵中へ
突っ込んで、力任せに相手を
叩き切るスタイルのため、
他の従者から脳筋と
言われている。

ソフィア

しっかり者の馬人族《ウェアホース》の戦士。

得意の弓で、戦闘の初手は
彼女が担うことが多い。また短剣の
扱いにも長けており、素早い動きで
斬りつけては距離を取り、相手を翻弄する。

他二人の従者が頼りないため、デメテルの
スケジュール管理から討伐した魔物の解体にいたるまで、
ほぼ一人であらゆる実務を担っている。
そんな苦労人である彼女は、月に一度なけなしの
小遣いで味わう、街で人気の甘味を楽しみに日々を生きている。

『作業厨』。それは、常人では理解できない膨大な時間をかけて、レベル上げや、装備の制作を行う人間のことを指す——ゲーム配信者界隈で『作業厨』と呼ばれていた、中山祐輔《なかやまゆうすけ》。突然の死を迎えた彼が転生先として選んだ種族は、不老不死の半神《デミゴッド》。無限の時間とレインという新たな名を得た彼は、とりあえずレベルを10000まで上げてみることに。シルバーウルフの親子や剣術が好きすぎて剣そのものになったダンジョンマスターなど、個性豊かな仲間たちと出会いつつ、やっと目標を達成した時には、なんと三百年も経っていたのだった！

◉定価：1320円（10%税込）　ISBN 978-4-434-31742-2　◉illustration：ox

誰一人帰らない『奈落』に落とされたおっさん、うっかり暗号を解読したら、未知の遺物《オーパーツ》の使い手になりました！

miporion
ミポリオン

一億年前の超技術《オーバーテクノロジー》を味方にしたら……
冴えないおっさんでも人生再出発できます!!

サラリーマンの福菅健吾《ふくすけんご》——ケンゴは、高校生達とともに異世界転移した後、スキルが『言語理解』しかないことを理由に誰一人帰ってこない『奈落』に追放されてしまう。そんな彼だったが、転移先の部屋で天井に刻まれた未知の文字を読み解くと——古より眠っていた巨大な船を手に入れることに成功する！　そしてケンゴは船に搭載された超技術を駆使して、自由で豪快な異世界旅を始める。

◉定価：1320円（10%税込）　ISBN 978-4-434-31744-6　◉illustration：片瀬ぽの

この作品に対する皆様のご意見・ご感想をお待ちしております。

おハガキ・お手紙は以下の宛先にお送りください。

【宛先】

〒150-6008 東京都渋谷区恵比寿 4-20-3 恵比寿ガーデンプレイスタワー 8F
(株) アルファポリス　書籍感想係

メールフォームでのご意見・ご感想は右のＱＲコードから、
あるいは以下のワードで検索をかけてください。

アルファポリス　書籍の感想　検索

ご感想はこちらから

本書は Web サイト「アルファポリス」(https://www.alphapolis.co.jp/) に投稿されたものを、改題、改稿、加筆のうえ、書籍化したものです。

アンデッドに転生《てんせい》したので日陰《ひかげ》から異世界《いせかい》を攻略《こうりゃく》します
～不死者《ふししゃ》だけど楽しい異世界《いせかい》ライフを送《おく》っていいですか？～

深海 生（ふかみせい）

2023年 4月 30日初版発行

編集－仙波邦彦・宮坂剛
編集長－太田鉄平
発行者－梶本雄介
発行所－株式会社アルファポリス
〒150-6008 東京都渋谷区恵比寿4-20-3 恵比寿ガーデンプレイスタワー8F
TEL 03-6277-1601（営業）　03-6277-1602（編集）
URL https://www.alphapolis.co.jp/
発売元－株式会社星雲社（共同出版社・流通責任出版社）
〒112-0005東京都文京区水道1-3-30
TEL 03-3868-3275
装丁・本文イラスト－木々 ゆうき
装丁デザイン－AFTERGLOW
印刷－図書印刷株式会社

価格はカバーに表示されてあります。

落丁乱丁の場合はアルファポリスまでご連絡ください。

送料は小社負担でお取り替えします。


ISBN978-4-434-31741-5　C0093